老アブー

À bout

ナタリー・ド・クルソン　著
髙井邦子、大野デコンブ泰子　訳

春風社

老アブー

À bout

これは北フランスの町、ペリクールで一人暮らしをしている老父アブーとその子どもたちの父と子の関係、老い、介護を巡る物語である。

旧家の末裔である父、絶対的な家父長として君臨していた父が今や老いて認知症になっている。この父をどうしたらいいか、彼らにとって必ずしも愛しい父ではないが、立派に生きた過去を持つ父を交代で世話をするために実家を訪れる。その様子をメールで報告し合う。そこに子どもたち一人ひとりのこれまでの人生が自然と浮かび上がる。

主な登場人物

老アブー（パパ、彼、わし）……語り手の老父
プリミュス……長男、語り手の兄
スゴンド……長女、語り手の姉（故人）
トリオレット……次女、この物語の語り手
カルテット……三女、語り手の妹
カンテット……四女、語り手の妹
バンジャマン……次男　語り手の弟
ティム……アブーの孫
ジョジアンヌ……アブー家の家政婦

すべてのDの喪失の喪失

精神科病院に入院した老アブーが残した財布の中に、破れて、ホッチキスで留められた空っぽの封筒を見つけた。封筒の上に、彼の筆跡でこう書かれていた。すべてのdの喪を喪失してから見つけた、と。

一体このdとは何のことだろう。

法律（droit）？　住所（domicile）？　それとも神（dieu）？　欲望（désir）？

あるいはdとは、限りなく新たに何かを喪失し続ける、その何かの頭文字？

破れて、ホッチキスで留められた空っぽの封筒。彼がすべてのdの喪失の喪失に気づいてから捨てた封筒。

私はこの破棄された d が心に引っかかる。

虫の知らせ

あちら、ペリクールでは、すでにかなりの異変が始まっていた。建物の開錠コードの入力がちゃんと指で押せない、鍵束を失くす、ドアを乱暴にパタンと閉める、床の上に散らばる書類、非難されるママ、申し分のない心地よかった家の荒廃。

そしてそれから、そのすべてが鎮まる。密やかな魅惑に満ちた空間をシジュウカラたちが追いかけあう。田園が広がり、刈られた芝の小道、ベンチの後ろには緑のブナの木々、半月状のバラの繁み、ブルーの西洋紫陽花、薄紫色のアジサイ、そして、バラバラに開けられた引き出し。

限界まで押されたボイラーの調節ボタン、機械が唸り、壁の中でコツコツと響くモーターの音、壁に広がって行く亀裂。非難され疲労困憊のママ。重油タンクが漏れ、真っ黒な重油のかたまりが広がる地下室。

そして、ジョジアンヌの夫がそれらを修理しに来る。食器棚には磨かれた銅食器とナイフ。シジュウカラが止まり木の上でココナッツをつつく。そして、低いうなり音をあげるさまざまなものが壁に亀裂を生じさせる。

老アブーが林檎の木の下でカラスの数を数える。一二羽。でももう彼は愛読書を読み終えられない。

窓の外を雲が絶え間なく通り過ぎる。雲にも雲なりの波乱がある。

――

老アブーの五人の子どもたちは不安を感じている。

――ここはパリ、とカンテットの独白。地下ではメトロが絶え間なく唸っている。店の中で行列をして待つ人々は老人と老女ばかり。彼らと関わり合うのではないかという妙な予感がする。

野菜と果物の売り場の前では、つんとする臭いを放つ老人が、太い指で秤のキーを何回も不器用に押しながら陣取っている。私は息を止めて声を掛けてみた。「この梨はウイリアムですか？　それともコンフェランスですか？」　老人はそっけなく、いや不機嫌そうに、他に気を取られているのか、あるいは侮辱されたかのように、「ウイリアム」とだけ答えた。私はキーを押してあげたが、お礼はない。私の中で漠然とした、怒りに似た感情が湧き上がった。しみったれ爺、エゴイスト、傲慢、横暴…、とげとげしい感情が溢れ出る。

レジで、私の前にまた彼がいた。杖を落とした。腕と上半身を動かしてそれを拾おうとする彼の、コガネムシのような目がこちらを向き、私にじっと注がれた。私は古ぼけた杖を拾ってあげる。老人はもごもご礼を言い、私は微かに笑みを浮かべる。しみったれ爺、エゴイスト、傲慢、横暴といった感情のうねりが揺れるなか、「尊厳」という言葉がまるで瓶のコルクのように浮いたり沈んだりしはじめた。

あちら、ペリクールでは、ママが老アブーをちゃんと順番待ちの行列の中に並ばせようとしている。彼らは少しずつレジの方に近づいている。

――

――ここ、東京で、とバンジャマンの独白。ここで僕は老人や、老婦人たちを観察する。

西友ストアのレジで、僕は二人の女性のうしろで自分の買い物をバーコードの機械にかざす。何歳だろう、あの齢をとった方の女性は？

彼女が、ふらついて転んだ。すべてのことが中断する。彼女の娘が言う「どうしたの？立ってちょうだい、おかあさん、支払いをしなくちゃいけないのよ」。老女はもごもご言う。「滑ったのよ」。そして床に座り込んだまま、きついまなざしで僕を見る。僕は直ちに指図を下す。「椅子を持って来てください。どこか別の場所でこの方を座らせてあげてください、ちょっと気分が悪くなっただけかもしれません」。すべてのことには理想的なきっぱりとした明晰さがある。世界がここにある、そして、その世界を構成している一人がぐったりと倒れる。崖の破片がボロボロと崩れて海の中に落ちる。老女を起こす、彼女の足元がまた崩れる。椅子まで彼女を引き立てて歩く。「立ってちょうだい、おかあさん。そんなところにいないで」。こちらも同じく若くはない娘が品物をかき集めて袋にしまう。母親の懇願するような視線がずっと僕に注がれている、ますます曖昧な、どんよりした目をして。彼女は椅子に倒れ込む。「電話をして助けを呼んだほうがいいですね」と僕は言う。すべては素早く、手際よく、予め決められていて、ずっと前から予想されていたかのように事が進んだ。店の倉庫係は僕が、重く、ふにゃふにゃした彼女の身体をオーバーの上に寝かせるのをてきぱきとした動作で手伝ってくれてから、電話を掛ける。

彼女から離れる。僕は品物を買い物袋に放り込む、卵がひとつ壊れる。生気のない顔が僕の方を向いたので、僕は言う「ゆっくり休んでくださいね。あと二分もすれば…」。もう僕は帰ってもいい。消防士たちがあとはやってくれる。たくましい若者たちが「obaasan おばあさん」と老女に話しかけるだろう。すべてが元どおりになり、僕は立ち去れる。僕の足元で地面が揺れることもない、少し目眩がする。もう前にも後ろにも誰もいない。レジの女の子たちは穏やかな目をしている。

僕は外に出て、小さな男の子の手を引いて歩いている、かなり年とった「ojiisan おじいさん」の後ろを歩く。

あちら、ペリクールでは、ママが倒れた。一月、ママの息は短く、途切れ途切れになる。吐く息は長く、泡を吹き、耳障りな音を発する。私は臨終に立ち会えなかった。人はどうやって最後の息を止めるのだろうか。老アブーは、これからは、順番待ちの行列の中でたったひとりでうろたえることになるだろう。

ここはパリ、私はトリオレット。私はすべてのことを私に解き明かしてくれるはずの二冊の本を抱えて書店「フェニックス」[1]から出た。「人生はゆっくりとした不可逆的な」呼吸の「消耗である」と一冊目は語る。亡霊は存在しない。死ねば、人間は雛にかえる前に

割れた卵のような形のない状態に戻る。

私は現金自動支払機（ＡＴＭ）の前に並んでいる。前にいる人と十分に間隔をあけながら。前の人は壁の隅に杖を立てかけた小柄な老女。ママのものと同じだがもっと使い古された黒い木製の杖、柄の部分の塗料は剝げ落ちている。目を閉じて、その杖と機械のキーの前に置かれた老女の腕だけを見たなら、ママが生き返ったと思えるくらいだ。でも老女のほうが猫背だ。「彼女の背中、野牛の瘤みたいね」とママが私の心の中でささやく。老女には小さい頃の私のようなブロンドで長髪の若い娘が連れ添っていて、ＡＴＭのディスプレイの項目を選ぶのを手伝っている。暗証番号を打ち込まなければならない時が来た。覚えているかしら？　老女の背中が緊張する、腕がこわばる、指でキーを強く長く押し過ぎる。後ろ姿が若い娘のように見えた女性が控えめに私の方を振り向く。目の下には隈が

（1）〔原注〕パリにある中国およびアジア関係書籍の専門書店。この二冊は王充著『論衡』（第六一章、ニコラ・ズッフェレ訳、ガリマール出版社、二〇〇六年）と、『論語』（アン・チェン訳、ル・スイユ出版社、一九八一年）。

でき、皺だらけの心配そうな顔をした五十代ぐらいの女性だった。私は笑いかける、彼女も私に笑い返す。前歯が欠けている。老女が操作を無事済ませ、この苦行から解放されてよかった。彼女は道の真ん中でお札を触り、数え、また数え直し、四つ折りに畳んでは、また広げ、また触り、くちゃくちゃのまま財布の中に押し込み、再び黒い杖を手に取る。

「感知し難い気配は蒸発する」と一冊目の本は語る。私はと言えば、今日はママがもうこの世にいないことをほぼきちんと肌で感じ取ることができる。明日は今日より少しだけ、そしていつか、何も感じなくなる日が来るのだろう。それぞれの殻から生まれた雛はそれぞれまったく別の鳥だ。

二冊目の本を開く。「師は語る・自分自身の限界まで到達しえなかった者、まさにその者は、両親の死を通して自らの限界に押しやられることになる」。

――

あちら、ペリクールでは、老アブーはもう自分の財布を見つけられない。彼はポケットをひっくり返す、ない、とうとうお札をポケットにねじ込む。音声ガイダンスに耳を貸そうともせず、機械の穴にクレジットカードを入れたままにする。

――

――ここは、デイジョン、とカルテットの独白。年配の女性ネイリストが私の手にシナモンをまぜた粗塩を擦りつける。「ゴマージュ用[2]の死海（ラメールモルト La mer Morte）の塩ですよ。一キロ入りの壜からお求めになれます。そう、これはラメールモルトの塩なんです、ラメールモルトの塩、ラメールモルト（死んだ母 la mère morte）の塩です[3]」と、彼女はシナモンとアンモニアの臭いのする美容室の地下室で、骨ばった指で私の手を揉みほぐしながら、そう繰り返す。

気をつけなくてはいけないわ、うんと気をつけなければ。道を横切るときに雨氷の上で滑ったりしないように。寒いからちゃんと着込まなくては。それから、馬たちの血液検査

（2）ゴマージュとは顔に塗布して、古くなった角質などを取り除き、肌を整えるスキンケアのこと。
（3）フランス語では「死海（la mer Morte）」と「死んだ母 (la mère morte)」は発音が同じ。

もしなくてはね。馬たちは、去年の冬のほうが速足が上手だったわ。

――

――ここはクアラルンプール、とプリミュスの独白。ママと会う約束をしたんだ。丘の中腹にある、ブキット・ガシン保護区(4)の熱帯林が見晴らせて、たっぷりと水を張ったプール付きの僕の新しい家を見せるんだ。ママを迎えに行くために僕は歩いているけれど、荷物を多く持ち過ぎた。空気は湿っていて、とにかく暑すぎる、なかなか前に進めない。遅れるってママに知らせなければいけないけれど、僕のアイフォンはアプリがいっぱいで連絡ができない。僕はくたくたになって四つん這いで膝をつく。でもどうしてもママには、前の家と同じ通り、椰子の木の並木の後ろにある僕の新しい家を見せないといけない。僕は苦しそうに歩く、そして、あがく。僕はこの堪え難い夢を追い払う。

――

二月、私はメルヴィルの海岸を歩く。

陰鬱な私、活気のない浜辺。低くもなく、高くもなく、灰色でもブルーでもない空。海は遠くかなた、重い砂、しゃがれ声で鳴くカモメたち。

私はママが最後に履いていた靴を履いている。黒い帯状の飾りのついた灰色の、砂の上を歩くのにいい靴。それらはデイヴィオンの病院の彼女のクローゼットの中に並べられていた。病院に着いたときにそれを脱いだ。そして、その後もう二度と履くことはなかった。柩の中の死者に服は着せるが、靴は履かせない。

——当然よ、死人は歩かないもの、と私の心の中のカンテットが言う。

砂粒が靴の裏に貼りつく。私の汗とかつてのママの足の汗が混ざり合う。

——ママの靴を履くなんて、縁起が悪いわよ、と私の心の中のカルテットが言う。癌になるわよ。

（4）マレーシアのクアラルンプール南部、ペタリンジャヤにある低山（総面積約一〇〇ヘクタール。最頂は約一六〇メートル）。登山、トレッキングの場所として人気がある。

フェリーが水路を静かに進み、私の方に向きを変える。私は白い石目のあるオークル色の丸い小石を選ぶ。

もうママの靴は捨てて、この小石を墓の上に置こう。

老いた林檎の木

ペリクールでは、老アブーが自分の写真を見せている。

これはわしの生家、ル・ヴァロンだ…。これはわしのおふくろと親父、親父は百歳で死んだ。革命の真っ只中のロシアを横断したのだ…。戦後、親父の船は機雷で爆破され…ええと、シチリア島沖でだ…。復員したばかりのときで、まだケピ（兵隊の庇のついた円筒形の帽子）を被っていた、泳げなかったとみえて、ケピで救命ボートに入った水を汲みだしていたんだ。そっちはおふくろだ…うむ、そう、これはわしの妻。そして、あっちの写真はわしが撮ったのだ、一緒にベルヒテスガデンで[1]…ルクレール将軍[2]と一緒にだ。そっちはスペインのときのわしだ、わしたちはマドリッドに住んでいた。それでみんなはわしの

（1）ドイツ南東の町。ヒトラーの別荘があったことで知られ、第二次世界大戦中の一九四四年春には連合軍による大空襲があった。

ことを「アブー」って呼ぶんだ、スペイン語で「じいさん」の意味だ。その写真も彼女、わしの…ええと…妻。毎朝、わしは彼女の名を呼ぶんだ、「クロチルド！」ってね。奴は返事をしない。赤信号で道を渡っているときに車に轢かれたんだ。時々、朝、わしに電話してくる女がいて、わしに自分の名前を言うんだが、その声があまりにも低すぎてわしには聞こえない。だからわしは電話を切る…。額に入ったこれらの写真は全部が、そう、妻だ、ええと…クロチルド…。今は家にはわしひとり。いや、そうだそうだ、時々人が来ることは来るがね。

――

パリ、私は老アブーの古い記録に目を通す。その記録は正確だ。フランスの旧家であること、軍人と外交官を輩出した名門だということ、父親は二度死を免れていて、彼自身もロワイヤンでドイツ軍の機雷で危うく吹っ飛ぶところだったこと。何世紀もの間、歴史上にその名が刻まれている数々の男たちのこと、たとえばふくろう党(3)、インド連隊の大尉、ブルボン島(4)やイル・ド・フランス連隊(5)の指揮官たち、セバストポール(6)や、ソルフェリーノ戦線(7)の大佐たち、彼らはみな出世を顧みず、ただ祖国のために身を捧げようとした男たち。彼らをフィアンセや母たち、優しい姉妹たちや看護婦たちが遠くから支えていたこと。愛と戦争について。

――僕は愛にしか興味がなかった、それにだらしのない人間で通っていた、と四回結婚したプリミュスが私の心の中で言う。

（2）ルクレール将軍（一九〇二―一九四七）。第二次世界大戦中、ド・ゴール将軍の自由フランスに参加し、自由フランス軍第二機甲師団を率いてノルマンディー上陸作戦に参加しパリ入城を果たした。
（3）フランス革命期にフランスの西部、ヴァンデ地方で農民蜂起を起こした集団の名。王政を支持者するヴァンデ地方の農民たちの集団。
（4）一七世紀初頭にフランス王国によって「ブルボン島」と名づけられたインド洋上の島。英国を相手に数回にわたって武力衝突が繰り返された。一七九三年のフランス革命時に「レユニオン島」と改名される。
（5）一六二九年に創設されたフランス王国歩兵連隊が、一七六二年に改名されてイル・ド・フランス連隊となる。その後、革命中（一七九一年）に第三〇戦列歩兵連隊と再改名される。
（6）クリミア半島西南部にある町。クリミア戦争の舞台。
（7）イタリア北部ロンバルディア地方の地、ナポレオン三世のイタリア遠征地。

平和な時代でも、人はさまざまな破滅の中で死に、さまざまな大きな不幸を抱えている。代々人々は祖国を離れることはある、だが、いとこ同士の結婚はある。戦争未亡人は死んだ夫の兄弟と結婚し、死んだ夫の姉妹は戦争未亡人の生き残った兄弟と結婚する。家族はちりぢりになることはなく、後に語られる者もいれば語られない者もいる。おそらく農民や労働者になった者たちもいるかもしれない。

——僕は、そういう合法的な近親相姦は嫌いだ。と、日本人と結婚したバンジャマンが私の心の中で言う。

老アブーの記述の文体は明快だ。情熱的で確信に満ちていて、おおよそというものはない。私たちはこの語り口に素直に感嘆し、私たちは何の不満も抱かない。そして、そこで確信を持って何度も繰り返し使われている幸福感を表す副詞から私たちには多くのことがわかり、嬉しかった。私はこの「私たち」という言葉に、過剰な皮肉を込めて使っているのではない。なぜなら嘲弄や自己嫌悪は過去に属することがわかっているからだ。私はその後に生まれている。だが、ここに記された世界には、もろいもの、漠然としたもの、どろどろしたもの、矛盾も、近づき難いものは何もないということだけは言わなければならない。これらの行動や言葉は、父が属したフランス軍を象徴するケピ（軍帽）の羽飾りのように明白だ。

――私にとっても、その記録は私が早回しで見ている古い映画のシーンみたいに奇妙な感じがするけど、一方で、親しみも感じられるわ、と映画通のカンテットが私の心の中で言う。

私が目を通している書簡の中には、大使や将校たちのこと、晩餐会の様子やその他、厳粛な状況下で起こったその場にふさわしくない小事件、たとえば、大きなおならの音とか、誰かのズボンがずり落ちたこと、慎みに欠ける場面もあれば、とても礼儀正しい人がうっかり発した失言を、上品だが滑稽な逃げ口上ではぐらかしたことなどが語られている。小旗で飾られた棺。その周りを直立不動の将校たちが気をつけの姿勢で並ぶいくつかの盛大な葬儀のことも書いてある。そこに参列する感動的とも言えるほど蒼白な顔をした男たち、片や絶望で顔を真っ赤にした女たち。そこには目に見えるはっきりしたものが好まれる世界がある。

——こんな人たちと一緒にされるのはご免だわ、と私の心の中のカルテットが愛馬をつなぎながら言う。

会話をする際には、一つの話題についてあまり長々と論じてはいけない。語り口は生き生きと、適当なときを見計らって一息入れ、つまらない話をして脇道に逸れてはいけない。みんなの関心を引き戻すような奇抜な論点や、緊張をほぐしてくれるウイットを見つけなければいけない。教養はないといけないが、学者ぶってはいけない。考えは持っていることを知らせながらもそのことには深く掘り下げずにそっと触れる程度にしなければいけない。適切な動詞をちょっと挟むくらいで十分。強調しすぎないこと、まるでワルツを踊るダンサーか、水彩画を描く筆のように軽く。

——だけど、台所でのひそひそ話ではね、とカルテットが私の心の中で言う。使用人たちが家族の秘密を目を輝かせながら長々と囁き合っていたわ。母方の祖母がお城の庭でお隣さんとの子どもを作ったとか、鼻の穴をふくらませた権力者のアントアンヌ・ド・ラボベッシュ伯父が姪たちの母親をベッドに押し倒す前に姪たちを強姦した話とかね。

姦通すらも日常茶飯事という風潮だった。

私の思春期にはまだ身持ちのいい娘たちがいた。周囲の大人たちは私や私の姉妹たちに品定めの視線を注いでいた。間違いを犯した女の子の顔を見ると、目の下にちょっと隈ができていたり、視線が大胆だったり、頬がそげていたり、どう蓮っ葉なのか私にはわからないが組んだ両脚の間に手を入れる仕草を観察するだけでわかると彼らは言う。若い娘が二五歳になってもまだ結婚していなかったら、もう薹が立っているとみなされた。私が少女の頃の一番の願望は、ママが言っていたように年頃までずっと清純でいて、二〇歳で婚約し、二一歳で結婚して、そしてイタリアの湖の畔に新婚旅行に行くことだった。でも、ママよりも物事がわかっていたわけではないが、そういう青写真は自分からゴミ箱に捨てたいと思うときが来る前に、数か月後の、あの一九六八年の騒乱[8]で吹き飛ばされてしまった。あの騒乱がなかったら、私はただの生意気な小娘で満足していたでしょう。

——私はきっと世間の嫌われ者になっていたわ、とカルテットが私の心の中で言う。

その当時は、父方や母方、祖父母、叔父や叔母たち、さらには馴染みのない退屈な大伯父、大伯母たちにまつわる話に私はうんざりしていた。内気なせいなのか、はたまた漠然とした反抗心のせいなのかわからなかったが、私は居間に居るママの友達たちと話をすることも、若い娘らしくしようとして木綿更紗の張られた肘掛け椅子に座って脚を組むこともできないでいた。私はお尻の先でちょこんと座り、才能もなく、不安な目つきをした娘で、自分は価値ある存在ではない、あるいは、もごもごと口ごもるだけの凡庸な人物のカテゴリーの中にいるのではないかと思っていた。食卓では最後までちゃんと話をし終えたことがない。いつももっと大きな声で話す人がいて私の話に割り込んできた。

——私は末っ子の娘二人の内のひとりだっただけ、と私の心の中のカンテットが言う。

携帯電話が点滅し、私は老アブーに引き戻される。私たち五人は順番に週末や休暇をペリクールで父の世話に当てることになっていて、私が今受信したのはカルテットからのメールだった。今、カルテットが当番だった。カルテットは老アブーの二人の息子と三人の娘たちに公平に介護の順番が回るように色分けしたスケジュール表を作った。必要以上に誰か一人が献身しなくてもいいように工夫していた。老アブーに対して各自が暗黙のうちに抱えている感情──そこには憐憫の情もあれば激しい苛立もある──は、それぞれの事情によって違ってはいるが、少なくとも、ここにはリア王のコーデリアもいなければ、ハイジをおじいさんの所に連れて行ったオデット叔母さんも居ないことは確かだ。そのことに関しては、間違いなく私たちを救ってくれて、たぶん、抑制もしてくれている、度を越えた鷹揚さを以って、そう言える。

（8）一般に五月革命と称される。一九六八年五月にパリの学生たちを主体に、彼らの指導で労働者、大衆が一斉蜂起して起こったゼネラル・ストライキ。政府の政策転換を迫り、現代社会のあり方に対する根本的な異議申し立てとなった。保守体制の解体はもとより、女性解放、等々、古い価値観を打破する運動であった。

――カルテットが書いてきた。居間のママの思い出の品々の中に写真を数枚加えるために、パパと私は額縁を買いに出かけたの、その後で銀行にも。パパはどうしてママの口座を清算しなければならないのか理解できないの、それもどうして永久に清算しなければならないのかが。私が説明している間、パパはずっと私をじっとみつめて、「どうして永久になんだい」って繰り返すの。それで、私は淡々と「そう、永久になの」って繰り返したわ。

それから、そっけない口調で「わしの車の鍵、返してくれないか?」だって。

彼は今、第二機甲師団についての映画を見ています。私に訪れる平和な安らぎの時間です。

――パパがそこら中にママの写真を並べている、とカンテットが書いてくる。そして、どうして口座を「永久に」清算しなければならないのかわからなくなっているけれど、でもママが亡くなったその日、彼が大きな鋏で、ママの運転免許証から始まって、ママの書類すべてを切り刻んでいるのを私、見てるのよ。私、刻まれた書類を屑籠から拾い集めて、張り合わせて家に持って帰ったわ。

トリオレット、来週の週末はあなたの番よね、電車に乗り遅れないでね。

——

ペリクールでは、この間の暴風雨で木が三本倒れたが、林檎の老木はまだそこにある。空に向けて枝葉を広げ、持ちこたえている。幹はねじり合わされ、まるで木がライ病にかかったみたいだ。長い裂け目からは木の腐った内部が見え、そこから草が生え、蜘蛛の巣やバセドウ病(9)みたいにふくらんだキノコたちが派生している。

「もうこいつは、長くないね」。老アブーは林檎の老木からキノコをむしり取ろうとした

(9) 甲状腺ホルモンの過剰により起こる病気で、顔つきや目つきが悪くなったり、とくに眼球が前に飛び出たような顔つきが特徴。

が、無駄だった。木はこの異常増殖物と合体している。私は密かに、一体誰が一番先にこの木を見捨てるのだろうかと思う。老アブーはもぐらの巣穴を足でつつき、皺だらけの林檎をひとつ私にくれる。

ブランコを吊り下げていた緋色のブナの木が去年の冬倒れた。

老アブーは青いソファーに座って、アポリネール[10]の本を手にしている。
彼は私に言う。いいか、聞いてくれ、なんて素敵なんだ

「愛しの可愛い私のルーよ、僕はいつか君に愛されて死にたい
君に愛されるために美しくありたい
君に愛されるために強くありたい
君に愛されるために若く若くありたい
君に愛されるために戦争がまた始まってほしい」

彼は本を置く。

わしが足に砲弾の破片を受けて怪我をしたとき、おまえがヴァル・ド・グラース(11)に来てくれたのを覚えているよ。わしはお前たち姉妹の中から迷うことなくおまえを選んだ。他の姉妹たちの誰にも心惹かれなかった。おまえの方がずっとずっと美しかったね。

——違うわ、パパ、私じゃないわ、それはママよ、一九四四年のヴァル・ド・グラースと言えば、私はまだ生まれていないわ。

ああ、そうか、そうだったな…

わしの後継ぎたちはわしの家をどうするつもりだろうか。ここにわしをずっと住まわせてくれるのか、それとも、わしから家を取り上げたいのか？

(10)〔原注〕ギヨーム・アポリネール（Guillaume Apollinaire, 1880-1918）の詩「一九一五年四月二二日の夜景」詩集『ルーへの詩』（« Scène nocturne du 22 avril 1915 », *Poèmes à Lou*）。（この詩の日本語題名は「もし僕が戦死したら」）

(11) パリにあるフランス陸軍病院。

――パパの後継者たちにパパの家を取り上げる権利はないのよ、ママの遺言にそう書いてあるわ。

じゃあ、なぜわしに車を使わせてくれないんだ。わしの車だぞ。あのもう一人の、一番若いやつを訴えてやる、あいつがわしの車の鍵を盗んだんだ、警察に行ってやる。

――訴訟を起こすなら私たち五人よ、パパは五人の子どもたちを訴えることになるのよ。だって私たちの結束は固いから。パパはもう車を運転するのは危ないのよ。

結構じゃないか、じゃあ、わしは…、お前たち全員を訴えてやる。

――見て、なんて綺麗なんでしょう、ブナの木の向こうに太陽が沈むわ。

違う、沈むんじゃない、昇るところだ。

――

夕飯を済ませ、彼は床に就いた。私はやっと涼みに外に出られる。急いで、夜になる前に、怖くなる前に、外に出よう、急いで。

太陽は西に傾いている。木々はくっきりと光の中に浮かび上がって、太陽の光と陰が交互に入れ代わり、地平線まで続く緑や金色に輝く田園に帯状の筋を描いている。雨が上がった夕暮れ時になると森羅万象が輝く。大きなマロニエの木の下、クマシデの垣根の後ろで、白いポニーのしっぽがスカーフみたいに揺れている。リスが一匹、芝生を横切る。私の林檎の老木はそこにある、そして城館も。その城は道の反対側にあって、かつて祖母から大きな草の鞭で叩かれるように容赦ない言葉を浴びせられ私が泣いていた灰色の階段と共に影の中に見える。牛たちがこちらを見ている。白や黒の牛たちがオレンジ色の太陽の前で重なり合う。葉を閉じたひな菊の紫色の縁どり、芝生にはもぐらが掘った土が所々盛り上がり、道はS字状にはるか遠くへと続いている。

家に沿った牧場の外れに、なかなか朽ち果てない古びた納屋がある。暴風雨の度に襲われ、しだいに壊れ、歪んだブリキ板と錆ついたくず鉄の山となる。もう使われていない廃れた場所。

常に変わらないものって何かしら？　重いもの、軽いもの、灰色の城石、娘たちを愛さなかった祖母のお仕置き、湿った苔の生えた太い根のブナの木、体を触れ合わせて戯れる牛たち、林檎の木の下にトンネルを掘るもぐらたち。それらが口がきけたらいいのにと思いながら、それらを眺め、名前をつけ、想いを巡らす。そうした物たちがすでに無くなったことがまだ理解できない。常なるものは存在する、そして、消えてしまう。常なるものはある、がそれは私ではない。常に変わらないものとは、常に変わらないものではないのだ。

常に変わらないもののいくつかは、形を変えて、今日に至っている。道の向こう側にある祖母の灰色の城はスゴンドの息子、すなわち甥のティムと彼の妻セリアと彼らの子どもたちに分け与えられた。そこに住んでいた老アブーの長女スゴンドは、ある冬の夜、薄紫の衣を着た不吉な女城主に命を奪われた。ティムたちは池を掘って鴨を泳がせ、あまりにも背が高く、あまりにも繁りすぎ、あまりにもくねくねと曲がっていた、かつてそこで祖母が娘たちが迷子になるのを楽しんでいたツゲの木の迷路を取り壊して、庭園を整備した。道の反対側、古い納屋の前には、不夜城のように輝くティムの城のレストランがある。その迷路の真ん中にうずくまっていた薄紫の衣の不吉な女城主は姿を消した。

私はちょっとほろ酔い加減で、一羽の鳥に語りかける。

——廃墟というのは、朽ち果てないままでいられるものかしら。

——ん〜う、と鳥は曖昧な返事。

——もし廃墟が朽ち果てないままでいるのなら、それは本当の意味では廃墟ではないわね、あなたもそう思うでしょう、鳥さん？ あなたにはわかりっこないわね。廃墟というのはね、あなたが見捨てたもの、あなたにはもう必要でないもの、だけど、あなた自身のことを思い出させるものなの（私はパパの苛立ったときの口調で話しているのを感じる）。それってそんな複雑なことじゃないのよ、鳥さん。廃墟、それはもう使われなくなったもの、古くなった飼料小屋のようなもの、でもまだ立ち尽くしたままそこにあるもの。古い納屋の釘があなたの指に刺さるような痛みなの。執着はないが愛着はある、それが朽ち果てないでいる廃墟というものなの。


彼の部屋に灯りが灯る。私は家の中に戻る。

わしは書類の中のものを調べるぞ…おまえには関係ない…。わしの眼鏡はどこだ？　おかしいぞ、そこにあったのは、確かなのだ、わしの吊り包帯はどこだ？　ここに置いておいたのだ、だけど戻って来たときにはもうなかった…、失くなっている…。誰が取ったんだ？

林檎の老木は枝を広げてそびえ、カラスたちはブナの木々に二股に割れた足で止まり、もぐらたちは土の中。太陽が東から昇る。

私は部屋でシリ・ハストヴェットの本『震えのある女』(12)を読んでいる。「私の父は、肉体的にはとても衰弱したけれど、鋭敏な精神はしっかりと保っていた」。欄外に、私は書き込む。「私の父は、鋭敏な精神は失ったけれど、子どもたちより長生きするのではないかと思うくらい強靭な身体を維持している。これこそが身震いさせられることだ」と。

──

ここで一時、老アブーから離れて、昨晩見た夢をお話しすることをお許し頂きたい。

私は車を運転している。城の鉄格子の門、二本の太い杭の間に古くからある鉄格子を通らなければならないのだが、通り抜けることができない。トランクの中に食糧が入っているのに傷んでしまう。人々は通り抜けている。このまま道路を走っていては子どもたちを轢いてしまいそう。なのに城の鉄格子の門をくぐろうとしても車の操作がうまくできない。甥のティムとバンジャマンの子どもたちは、心ならずも私が教えた下品な言葉を叫んでふざけあっている。煮えた蕪のすえた臭いがする、私の臭いのような気がする。

目が覚めたとき、私はこの夢の中で、物事の核心に入り込むためにはパパとママの問題はどうしても避けて通れないのではないかという恐れを読み取った。と同時に、兄や弟、妹たちを差し置いて、兄弟姉妹の中の一人に過ぎない私、トリオレットが、この支配的な物語を進めて彼らを心理的に深く傷つけてしまうのではないかという恐れも読み取った。

---

(12)〔原注〕シリ・ハストヴェット(Siri Hustvedt, 1955-)『震えのある女——私の神経の物語』(*The Shaking Woman or A History of My Nerves*)(上田麻由子訳、白水社、二〇一一年)

私のこの言行動を皆に押しつけ、たとえ、すべての品位を落とし、身体からは悪臭を放ったとしても、ハンドルを握り続け、老アブーのように車を運転する状態ではなくなっていたとしても、私を動かし、私の物語を推し進めようとすることは、恐れからなのか――あるいは願望からなのだろうか。

だが、本当のことを言うと、この物語は、私が恐れか、願望かを選択するまでもなく、老いたアブーの辿る人生の旅路に横たわる数々の困難に沿ってただひとりでに道を進み、下って行くものだろう。

ある日、ラジオで植物間の内気な譲り合いとでもいう現象について語られているのを聞き、それが今の私の状況にとても似通っているものとして、不意に心を奪われた。それは森林の木々のなかには、気体の放出によって、傍らの別の木が大きくなろうとしているのを察知すると、根を張ったり枝を伸ばしたりするのを抑える現象があるという。木は伸びて行く範囲を狭めながら「遠慮がちに隙間」を開いて、光が森全体にできるだけ行き渡るようにするのだという。あらゆる大家族間では多くの人たちが、押し潰してやりたいと思

う と同時に大切にしたいとも思うこの植物生態作用に似た現象があるように思う。両親、兄弟、姉妹、伯父、伯母、祖先たち…の間で。

——

メルヴィルの海岸は、今、中潮で、薄明りの太陽が海を緑色に照らす。カブール側では馬たちが、濃霧を切り裂いてレース状の海水の泡を舞い上げる。ウイストルアム側全体が低く、はっきりと見えず、期待外れだ。

カブールの方から馬たちが蹄の音を立てながら近づいてくる。ウイストルアムの方に向かって、一頭のロバが身も世もなく鳴いていた。

目が覚めたとき、鎧戸のうしろで、あの鳥が「ククー」とさえずるのが聞こえる。メルヴィルまで私を追ってきたのかしら？　それはまるで、彼が私の朝のくだくだしい思考、その内容には一貫性がないと句読点を打つかのように、あるいは、十分に思い巡らされていない言葉や、文字が判別できないようななぐり書きに、コンマを打とうとしているかのようだった。

「ククー」と鳴く鳥は、私を現実から引き離す。あの鳥の「ククー」は、頭の中でこだますするアリアでもなく、何度も聞く耳障りな音でもない。それは、予期せぬ場所、予期せぬときの、控えめな句読点、スープに浮かぶ一本の髪の毛、思考の流れを舞い上げる一陣の風。あの鳥の「ククー」は励ましでもなければ批判でもない。それは別の生きものによる無頓着な不法侵入であり、偶然私の中をよぎるものだ。

――ククー、と鳥は曖昧に返事する。

黒いもの

――今日は何やらご乱心のご様子だわ、とペリクールの当番のカルテットは思う。

何か黒いものがあるんだ、わしには何だかわからんものが、冷蔵庫の中に黒いものがあるんだ。

私は冷蔵庫を開ける、何もない。ほっとする。

あ、なくなっているぞ。

父と一緒に、夕食、皿洗い、朝食用のナイフとフォークを並べるといった、いつものお決まりの儀式を済ませる。明朝のために前もって並べておくものは七つ。ボール、スプーン、ナイフ、明日のバターが硬すぎないように今から出しておくバターケース、薬等を載せた小皿、砂糖、ネスプレッソのカプセル。彼と一緒に数えて確かめる。一、二、三、四、五、六、七。全部並べたし、数えて確かめもした、だから明日の朝も彼はちゃんと生きているだろう。彼は安心して眠りにつける。

食器棚の隅に、半分開封された包みを見つける。その中に厚ぼったい仔牛の肝臓の大きな切り身が二切れ入っていて、タイル張りの床の上にてらてらとその黒い血がしたたり落ちている。ジョジアンヌが前もって明日の昼食用に用意したものだ。

ほら、それだよ、黒いものっていうのは！　それ、それだ、わしの腸から　で、で、出たんだ　今朝詰まっていたものが出たんだ。

グージョン医師のところに行く。診察室の壁に十字架と聖母マリアの肖像が掛かっていて、医師のデスクの上にはホルマリン漬けの人間の胎児の入ったガラス瓶が置いてある。胎児の小さな体の割に大きな頭、折り曲げられた体、小さな腕、小さな足が見える。

――腸には問題ありませんよ。フォルラックス(1)をあまり飲み過ぎないように。

ジョジアンヌに仔牛の肝臓の切り身を炒めてもらう。彼は興味深そうにフライパンを覗く。

まるで動物みたいだ!

切り身は、それぞれがまるで象の鼻が突き出たような頭と、しなびた胎児の体のような形をしている。

――

パソコンの受信欄にメールが次から次へとつながり、お喋りが始まる。トリオレットが

(1) 緩下剤

姉妹兄弟たちと合流する。

――僕自身は、とバンジャマンが書く。皆が話しているグージョン医師のそのホルマリン漬けの胎児なんて一度も見たことなんかないよ。そういうのってどれもこれも田舎によくある、まことしやかに囁かれる噂話みたいなもんだよ。参考までに例を挙げると、近郊に住む別の医者、マルイユ町のルドウイユ医師は、エホバの証人だという噂が広まって患者がほとんど寄りつかなくなったという話とかね。それからまたこれ、確かな筋からの情報だけど、デブのジェラール・トュブッフは動物性愛者だとか、彼の兄弟はたったひとつの睾丸で八人の子どもを作ったなんていう噂もある。

――胎児の瓶がデスクの上にあったのは確かよ、とカルテットがメールに書く。グージョン医師のデスクの上の、座って左側の方、ちょうど『処女懐胎』の絵の下にあるわ。どうしてあなたがまだ見たことがないのかわからないわ。グージョン医師のところに行ったら、どうしてそんなものが置いてあるのか、それを見た人に意味がよくわかるように「殺すのはやめましょう」っていうパネルでも貼ったらどうですかって彼に言ってみたらどう?(2)

——僕はペリクールが嫌いだ、とバンジャマンが書いてくる。あの家では、おばさんたちがぺちゃくちゃおしゃべりしながら居間でブリッジをしている間、上の階でたった一人で過ごした数々の退屈な週末を思い出す。僕が何より我慢ならなかったのは、西洋すごろく用のテーブルの上でサイコロがぶつかり合う音や、最近飾られたママの写真は別だけど、部屋の壁の九〇パーセント近くを占めている人間の粗暴な本性を題材にした絵画だ。たとえば、戦争の場面、狩猟のシーン、フェンシングの免状、軍人だった先祖たちの肖像の数々、戦車の写真、いななきながら今にも噛みつきそうに血走った目つきで暴れ狂う馬たちの絵。とくに、馬にまたがってウサギぐらいの大きさの鹿を殺しながらほくそ笑んでいる太った二人の猟師の絵と、人々が互いに狙撃し合い、断末魔の凄まじい苦痛に顔をしか

（2）診察室の壁に十字架や聖母マリアの肖像や『処女懐胎』の絵を掛け、デスクの上にはホルマリン漬けの胎児の入った瓶を置いているグージョン医師は、古い類のカトリック教徒であり、したがって一九七三年の人工妊娠中絶の合法化（ヴェイユ法）に懐疑的であろうことがここでは皮肉を込めて示唆されている。多くの女性にとって、人工妊娠中絶の合法化は女性解放への一歩であった。

め、血を滴らせながら屋根から落ちる姿が描かれたサラゴサの戦い(3)の絵は本当に嫌いだ。

――絵の中の馬たちは静かに牧草を食んでいるじゃない、とカルテットは書く。あれは脚を高く上げた純血種の競走馬よ、私たちもそうあるべきだったかもしれないわね、だけど私のこのちょっと短すぎる脚では無理だったわね。だからかもしれない、私が今輓馬を飼育しているのは。

――トリオレットが書く。居間の青い長椅子のうしろの、西洋すごろく用のテーブルの上の方に、とても穏やかで気品のある馬たちの版画があるわ。それから上の階には、稲妻に動転し、ジョッキーに背を向け、目は恐怖で見開かれ、毛を逆立てた鹿毛の馬の絵もあるわ。私はいつも雷におののいているあの馬が好きだったわ。

――あの家で私が一番嫌いなのは、とカンテットが書く。壁に掛けられている、女性たちの名が軍人である父親のイニシャルでしか示されていない巨大な家系図と、デュ・ゲスラン、デュゲートゥルアン、マック・マオン、ド・ゴール等といった著名な軍人たち(4)に扮したオペレッタの衣装をまとったあの祖先たちの肖像画たちよ。

——私が個人的に気に入らないものの中には、とトリオレットは書く。銀縁の額に納まった私の六歳の誕生日の写真があるの。スゴンドとカルテットとお揃いの花模様の晴れ着のワンピースを着ているあの写真。もう少し大きくなってからは、私はスゴンドのワンピースのお古を、カルテットは私のお古、カンテットはカルテットのお古だったわね。写真の私は右腕にまつげの長い人形を抱えていてね、その人形は「ママ、私もスゴンドが持っているロジーヌみたいな可愛いお人形がほしいの。……今度は絶対壊したりしないから、床に投げつけたりしない、めちゃめちゃにしたりしない、もうお鼻に指を突っ込んだりもしない、鼻くそを壁にくっつけたりもしないから」と言って手に入れたものよ。五〇年もの間、ずっと私はママがこう言うのを聞かされてきたわ。——「そうね、それは本当ね、あ

（3）スペイン独立戦争中（一八〇八年から一八一四年）のサラゴサでの戦い（一八〇八年から一八〇九年）を描いた絵。

（4）Du Guesclin, Duguay-Trouin, Mac Mahon, De Gaulle 等々。歴史に刻まれた名誉ある貴族や軍人の名。

の子は約束を守ったわ、あれからお人形はもう壊さなかったわね」。――って。このセギュール伯爵夫人(5)の童話に出てくるようなエピソードにはむかつくわ。

――ねえ、あなたたち、私の記憶が薄れないように見張っててね、とカンテットが書く。パパの法外な要求、気難しさ、認知症からくるずる賢さや凶暴さで、じわじわとママを殺していったのはパパだってことを。

――カルテットが書く。私はね、よく覚えてるわ。一八歳のとき、夜中の二時に帰宅したらパパが私のことを娼婦呼ばわりしたの。私は、それはいい考えだから、翌日からそうすることにするわって言ってやったの。あれはママを大いに笑わせた一件だったわ。

――カンテットが書く。パパは「癌」っていう言葉が怖いもんだから、ママは車に轢かれて死んだんだと思いたがっていた。でも家の中で彼を不快にさせていたママの酸素ボンベを足で押しやったりしていた。さらには死が伝染するんじゃないかと怖がって病院にママをお見舞いに行くのも尻込みしていたわ。そんなことを思い出すにつけ、ヴェロニク・クルジョーの心情[6]になって、大きな冷凍庫を買うために引っ越したくなるわ。つまるところ、私はずっとパパのことが嫌いだった。子どもの頃は一緒に出かけるのも嫌だった。大人になってからは、彼のことはケチで、攻撃的で、自己中心的で王様のように振る舞う大きな子どもだと思っていたわ。

卑劣な老人たちは冷凍にしましょう。

——私の中絶に関してはね、まだ「人工妊娠中絶」(ＩＶＧ)っていう言葉もなかった頃だけど、と今度はカルテットが書く。もちろん、うちの両親は二人ともそのことは知らなかった。イギリスまで行って掻爬手術を受けたわ。そして、感染症を起こして今度はアンジェの病院でまた掻爬、そこでは私は中絶ケースのいい見本、大学病院センターに収容されたふしだらな女の見本となったというわけ。おまけに極めつけは、その同じ大学病院セン

(5) セギュール伯爵夫人ソフィー・ロトシーヌ (Sophie Rostopchine, 1799-1874)。フランスの童話作家。

(6) ヴェロニク・クルジョー事件。ヴェロニク・クルジョー (Véronique Courjault, 1968-) は生まれて間もない三人の乳児をその都度冷凍庫に入れて凍らせた罪で二〇〇九年に懲役八年の刑に処された。

ターで私は看護師の研修をしたことがあったのよ。天職とはいかなかったわね。

――バンジャマンはパパのお気に入りだったわね、とカンテットが書く。やっと家系図にイニシャルではなくフルネームで書き込める新しい名前ってわけ！

――あらゆる兵隊のミニチュアを僕に与えたにもかかわらず、僕がまったく軍人生活には向いていないのに落胆して、血統正しい従順な新しい子馬、バンジャマンに望みを託したんだ、とプリミュスが書く。

――僕はパパが僕にかける度を越えたうわべだけの愛情をいつも警戒していたよ、とバンジャマンが書く。小さい頃の僕は、彼が誇らしげに抱えていたルイ・ヴィトンのバッグみたいなものだった。でも彼は物心がついた子どもというものに我慢ならなかったものだから、それ以降は見捨てられた。彼は氷のような冷淡な人間だった。冷凍庫の中が彼の性格に合った場所だね。

――パパは、ママのことが大好きだったけど、でも、電話代の請求書を台所の流しの上に貼って嫌がらせをしていたわ、とカンテットが書く。

――一四歳のとき、私、修道女になりたかったの、とカルテットが書く。ドミニコ修道会のクレール＝エマニュエル修道女を崇拝していたの。でも、同時に修道女になりたいって思うこと自体も怖かったわ。あれこれ考えると夜も眠れなかったものよ。私は今の、この難行苦行の人生とは別の未来、マルグリット伯母のように愛され、敬愛される女子修道院の院長になっていたかもしれないわ。

――当時の女の子たちは、できちゃった婚でもしようものなら、まるで牛が犂を引くのではなく、犂の前に牛がいるみたいで(7)、順序があべこべだって世間の人は陰口をたたいたわ、とトリオレットが書く。私はね、私は犂も牛も持っていなかったけど、浜辺の砂利に

（7）「犂の前に牛」は順序が逆という意のフランス語の言い回し。

頭を打ちつけられるほどの強烈な波に押し流されたわ。ある日ママが私に、内緒で聞くけど、あなたは間違いを犯したの？って尋ねたの。それで私は「そうよ」って言ったら、ママはそれをパパにそっくりそのまま内緒で伝えたの。

彼は、以来私がアグレガシオン(8)を取得するまで私のことを抹殺したの。アグレガシオンで私は息を吹き返すことができた。学校さまさまよ。

——ところで、あなたたち、男の子たちにとって、初陣は何だったの？　とカンテットが書く。女の子たちは間違いを犯すことだったけど、男の子たちは間違いを犯した女の子たちと一緒にいることがデビューを飾ることだったのね。

——ここ東京は雨が降っていて寒い。ママの葬儀が行われた日々のペリクールみたいだ、とバンジャマンが書く。仕事に追い回されているよ。日本の経済は最悪だ。もうじきヴィトンのバッグも全然売れなくなるよ。

——子どもたちのクアラルンプールでの学期が終了する、とプリミュスが書く。来週スヴエッラナと子どもたちをシンガポールに連れて行くつもりだ。高級住宅地に家を借りたから、子どもたちはそこの巨大なプールでイルカと泳げるんだ。

――ペリクールの家に、とカンテットが書く。髪の毛を後ろに引っ詰めて、歯をぎゅっと食いしばった、無表情なドイツ人の看護師に来てもらうことにしたわ。

――カタールの首長の娘に一年後までにオペラを書き上げてくれって要請されたんだ、とプリミュスが書く。とてつもない予算だ。彼女、僕にカタールに住んでほしいらしい、邸宅付き、キャデラックに運転手付きでね。彼女、二四歳で白いロールスロイスに乗っている。すごい美女だけど、同性愛者らしい、僕としては残念だがね。まだこれ夢じゃないかって、頬をつねっているよ。

（8）（中・高等教育）教授資格（試験）

――ママは亡くなる三日前にね、とカンテットが書く。私に髪を洗ってほしいって言ったの。介護の人には洗ってもらいたくなくて。私が慎重にそっとやっていたら、ママったら「もっと強く、しっかりこすって！」って言ったの。私が洗ってあげた髪でママがお棺の中に入ったと思うと私は嬉しかったわ。

――病院の小さなホールで、とトリオレットが書く。クリスマスツリーと、丸く色分けされた印で呼吸管を説明しているパネルの間で、私は診察が終わるのを待っていた。モミの木から奏でられる、やや甲高い音楽とエレベーターの機械的な音が耳障りに響く。このまま ここにずっといたら、二度とクリスマスなんて祝いたくなくなるだろうって思ったわ。

――ここはパリ、とカンテットが書く。私は今事務所の引っ越しで大わらわ。私の会社は解散、オクタヴィオとは喧嘩ばっかり。一五人の従業員は失業。見通しの立たない私の未来。

私はスーパー・タチの安っぽい袋だわ。(9)

――頑張れ、カンテット、とプリミュスが書く。引っ越しっていうのは気が滅入ったり、興奮したりの連続だけど、恣意的な状態だから長くは続かないよ。君の従業員たちはしっかりとした技術を身につけているから、すぐに次の職場がみつかるよ。

それから、カルテット、幸いなことに君の天職とやらは挫折したね。君にはすばらしい、とてもいい子たちや、森の中で君を待っている頑丈なブルゴーニュ男と、君の馬たち、幌付き四輪馬車もあれば、ギャロップで駆ける君の乗馬の楽しみ、鶏たち、大きなガチョウもいるじゃないか。もりもりと肉づきのいい君の相棒の下枝のように、あるいはガチョウの嘴のように、顎をしっかりと引き締めて頑張ってくれ。

――皿洗いしながら気がついたんだけど、とカルテットが書く。ママが亡くなってから、カップに茶渋がいっぱいついているわ。コーヒーや紅茶の渋がいくらこすってもとれない。

（9）タチはパリにある巨大ディスカウントショップ。

――君たちの役に立つかどうかわからないけれど、とプリミュスが書く。自分の父親を憎まないようにするために僕がどうやっているかを言おう。これまでの人生の折々に、ただ彼に会っただけで、声を聞いただけで、匂いをかいだだけで胃痙攣を起こすほど、本当に彼を憎んだこともあった。でも物質的には彼は僕たちのために多くのことをしてくれた。そういう普遍的な父親像はあった。ママが愛情の方を受け持ってくれていた。だから、彼はママと一緒にいる一人の父親なのだ、決して彼はひとりじゃない。僕はパパと容姿がそっくりで僕が大好きだった彼の父親の姿をパパに重ねてみるという努力もした。滅多になかったことだけど彼が優しかったときのことを思い出すこと、そういうこともした。その他のことは全部、たとえば、僕が食卓に着くのが五分遅れたときとか、僕がちゃんとコーヒーカップを手渡さなかったときとかの彼の冷淡な態度等々はもう頭から消え去っている。今や彼はひとりぼっちだ。僕はパパをこれからもずっと大切にするよ、つまり、そういうことさ。彼は頑固で横柄、一方、僕は無責任なほら吹き野郎だけど、でも僕は彼を尊敬するよ。

ママは夫の欠点に寛容ではなかったけれど、でもそれでも彼を愛していたと思う。僕はもちろんそんなにたびたびクアラルンプールから行くわけにはいかないけれど、でも夏の間、長めに介護をしに行く心の準備はできているよ。

——私もパパのことはもう憎んではいないわ、とトリオレットが書く。彼の生まれ育った環境や、世代を考えれば、勇気も含めたさまざまな美点、生一本なところ、責任感の強さが彼にはある、というか、あったわ。私はパパに対して漠然とした愛情があるわ。

——ねえ、バンジャマン、あなたがメラニーと別れて離婚したとき、とカンテットが書く。パパはあなたのことを容赦なく見捨てたわよね、そしてあなたもまた彼と同じくらい横柄で、彼のことを軽蔑して、その上罵倒したのよね！

——私が会いに行くと、パパは私に会うと喜ぶの、とカルテットが書く。そして、私に言うの、目に涙を浮かべて。時々クロチルドの名を呼ぶんだ…って。そのことには私は胸を打たれたけれど、でもまた別の日には、クロチルド、おまえはいったいどこにわしのクレジットカードを置いたんだ？　って言っているのも聞いてるの。

――理性を失ったパパを見るのは辛いことだわ。それは私が病室の窓からウサギが跳ね回るのを羨ましくながめながら、ママの苦しそうな息遣いを聞いていたときと同じくらい辛いわ、とトリオレットが書く。時々、私も彼みたいに記憶が失われているのではないかと思うことがある。生徒たちの前で、口ごもったり、彼らの名前を混同したり、いくつかの記憶が欠落するの。

――メラニーと離婚した後に、とバンジャマンが書く。パパから手紙がきて、僕のことを卑劣で、悪意のある人間で、付き合いたくない奴だと書いてあった。

だけど、要するに、僕はパパをひどい年寄りだからって冷凍にするのは反対だ。ピカール冷凍食品店[10]のどんな店員だってこう言うさ。「お年寄りたちを解凍して、また冷凍にするのは危険です。とくに優しさが欠けているお年寄りの場合はなおさらです」と。

僕はむしろ近々、果敢にも危険を冒してペリクールに身を投じにやって来るドイツ人の看護師が、僕たちの会話を記録してくれて、それを我らが大伯父が書いた『ピカルディ地方のある家族史』の巻末にクリップで挟んでくれることを願いたいね。その大層な家族史の、ちょっとした面白いエピローグになると思うよ。

——では、それまでの間、さしあたり、予定表によると次なるドイツ人看護師はバンジャマン、あなたよ、とカンテットが書く。暗殺者バンジャマン、車の鍵泥棒バンジャマン、あなたよ。前もってユキコに指圧マッサージを何回かしてもらっておくといいわ。

——賛成、とトリオレットが書く。家族史の本の最後のページを、私たちの非常識で無作法な言動で締めくくって、我らが祖先の面白味のない無駄話を終わらせることができるなんて、最高だわ。印刷は私が引き受けます。

——

「私はパパのこと、もう憎んではいないわ」と、姉妹兄弟たちと想いが一緒の私は言っ

(10) フランスの有名な冷凍食品店。日本でも二〇一六年一一月に初上陸し、首都圏を中心に二〇数店舗ある。

た。それは真実でもあり、また嘘でもある。私はパパとママ、二人ともが、自分たちのしていることには気づかずに私にしたことを憎む。そのことに気づかずにいた彼らを恨んでいる。

昨晩、私は夢を見た。娘をある女性に預けた夢を。私が帰宅すると娘の首に、耳にピアスのためのような穴があけられて、そこにネックレスがぶら下がっていた。私はすごく憤慨したけれど、娘は平然とその首飾りをつけていた。私に素敵なプレゼントをしようと苦心したその女性を私は叱る勇気はなかった。

また、別の夢の中では、私は祖父が山の中に掘った平らな窪みの上にいた。そこにはテントが張られていて、私がそこで身ごもられた場所だ。パグ犬を連れた大きな黒豹がやって来た。私は恐怖におののきながらも、黒豹からは逃げられない、きっともうすぐ食べられてしまうんだわと観念する余裕はあった。

いろいろなパパがいた。とりわけママにはいろいろなママが。毎朝、髪をシニョンに結

オースティンとエリオット
〈深遠なる関係〉の謎を探る

惣谷美智子・新野緑 編著

ジョージ・エリオットはジェイン・オースティンをいかに読んだのか。活動時期に半世紀以上の隔たりがある両作家の関係を読み解く。▼四六判上製・二五二頁・三一〇〇円

つまみ食いエッセイ集　栄養のない野菜

山田英美 著

子どものころから好奇心旺盛、いまも興味は植物、絵画、料理、旅……と、とどまることを知らない著者が綴る、道草的ライフのすすめ。▼四六判並製コデックス装・二〇八頁・一八〇〇円

投歌選集　立秋すぎて

三角清造 著

四季の花々から教員生活、趣味のカヌーまで、川の流れにたゆたうように詠みつづけた短歌の中で、新聞歌壇で入選した四二三首を収載。▼四六判上製・二六四頁・二二〇〇円

新先蹤録《しんせんしょうろく》
秋田高校を飛び立った俊英たち

秋田高校同窓会新先蹤録委員会 編

秋田県立秋田高等学校創立一五〇周年記念。各方面で活躍し大きな足跡を残した三八名それぞれのライフヒストリーをまとめる。▼A５判変形並製・三六〇頁・二〇〇〇円

国際日本学の探究
夏目漱石・翻訳・日本語教育
徳永光展 著

母語ー日本語、地域文化ー日本文化を往還し、新たな知の体系の創造を試みる挑戦的論集。漱石『心』『坑夫』の英・独訳者との対談も。▼A5判上製・四一八頁・四〇〇〇円

時空をかける詩人たち
文理越境のアメリカ詩論
江田孝臣 著

ディキンスンと物理学、ソローと冒険的資本主義、クレインの数学的次元超越……。文理を自在に往来し、アメリカ詩論に新地平を拓く。▼四六判上製・二〇〇頁・三〇〇〇円

アロエ
キャサリン・マンスフィールド 著／宗洋 訳

三世代の女性の日常を繊細な筆致で描いた名作「プレリュード」。生前には出版されなかったそのロング・ヴァージョン、初の邦訳。▼四六判仮フランス装並製・一九〇頁・二四〇〇円

イギリス湖水地方
ピーターラビットの野の花めぐり
臼井雅美 著

早春から光の夏、実りの秋、貯えの冬――季節の移ろいに応じてさまざまな表情を見せる湖水地方の野の花をピーターラビットとめぐる。▼四六判並製・一五八頁・二二〇〇円

エッセンシャル・シアター　西洋演劇史入門

オスカー・G・ブロケット、ロバート・J・ボール、ジョン・フレミング、アンドルー・カールソン 著／香西史子 訳

古代ギリシャ・ローマ時代から、中世の宗教劇、シェイクスピア、現代演劇、ミュージカルまでを概観し、演劇の現在につながる多様性を知る。▼四六判並製・四一〇頁・二八〇〇円

私たちはシェイクスピアの同時代人
映画にみる現代人のルネサンス的心性

中村友紀 著

シェイクスピア再生産の長きに亘る持続の理由を探り、現代の個人や社会の中に近代初期的な思考や諸価値が生きていることを跡づける。▼四六判上製・三〇八頁・三六〇〇円

シェイクスピアと日本語　言葉の交通

中谷森 著

日本におけるシェイクスピア戯曲の翻訳・翻案作品のなかの「言葉」の在りように着目し、作品を取り巻く文化交渉の諸相を論じる。▼四六判上製・二七二頁・三五〇〇円

十九世紀小説の誕生
ディケンズ前期小説におけるジャンルの変容

新野緑 著

十九世紀的都市型作家はどのように生まれたのか。前期小説六編におけるジャンル、モチーフの変容に着目し、作家的発展の軌跡をたどる。▼四六判上製・三三六頁・四〇〇〇円

春風社
〒220-0044　横浜市西区紅葉ヶ丘 53　横浜市教育会館 3F
TEL (045)261-3168 ／ FAX (045)261-3169
E-MAIL：info@shumpu.com　Web：http://shumpu.com

この目録は 2024年4月作成のものです。これ以降、変更の場合がありますのでご諒承ください（価格は税別です）。

うママ、夜寝る前にはいつも外して、光沢のある大きな貝殻の皿に置いていた真珠を身につけるママ、良き妻良き母であろうとしたママ、すべてが「完璧」であることを望んだママ、私に過ちを犯したかと尋ねたママ、そして、パパからナイロン製の豹柄のガウンをプレゼントされたママ。毎朝、私たちを学校に送り出してドアを閉めるときのママの髪はまだほどけたままだった。本棚には、裏表紙に家紋のついた革製の装丁本に、パパがママと一緒に面白がって改竄した題がついていたエマニュエル・アルサン[11]の『幸せに満ちたエマニュエルの精神鍛錬』という本が、また「性の暗い三角地帯」の記述で始まる別の本もあった。両親は厳重に戸締りをした部屋で長い昼寝をしていた。私には、ホクロをかきむしる癖があって、それが癌じゃないかと怖くなって眠れなくなった夜に時々、彼らの寝室のドアを叩いたものだった。

老アブーに対する私の感情は奇妙だ。私たちに給仕をさせながら、彼が目を閉じてカリ

(11) タイ出身のフランス人作家(Emmanuelle Arsan, 1932-2005)。一九七四年のヒット映画『エマニュエル夫人』の原作者。

カリと音を立てながら歯で砂糖をかじり、まるでこの世に自分しかいないような顔をして、フロマージュ・ブランを食べているときの彼が嫌い。食後に、授乳中の乳房のように膨らんだ好物のベージュ色のメレンゲを床にかけらをこぼしながらかぶりつく、その食べ方も嫌い。でも、ふと私は心配になる。「メレンゲクッキー、十分に用意したかしら、それとも日曜日になる前に、もっと買っておいたほうがいいかしら」と。それは夫のために新鮮な人肉が足りているかしらと心配する食人鬼の妻のよう。「男たちには男たちの生理的欲求があるのよ」と言っていたママのよう。そして、彼の要求に応え、彼の世話をし、気晴らしもさせる。食人鬼の妻と娘は、彼の要求を厭いながらも、同時に彼に献身的に尽くす妻や娘でもあるのだ。

昼食の食卓で苛ついているパパを思い出す。上司のさまざまな要求に、あるいは秘書の愚かな言動に、食事が運ばれて来る遅さに、一斉に同時にしゃべる子どもたちに、あるいはまた彼が頼んでいた買い物をママが午前中にしなかったことに苛ついてる彼を。そんなとき、私は、彼の苛だっている声が聞こえて来ない秘密の世界に避難し、窓の外を眺める。ママと昼寝をしてから、パパはまた会社のオフィスに戻る。夜までは心穏やかな微笑みの時間。男たちには男たちの生理的欲求があるのだ。

ねえ鳥さん、今や私は必要以上の心遣いをすることなくパパの食事の世話をしています。もう彼に対してほんの少しの嫌悪しか感じていないし、命を繋いでいるとか、人生を支えてあげているという高揚感もありません。命を救うこと、治療することは医者や看護師や介護人の使命感を高めることでしょうけれど。パパの二人の姉妹や、家系図上に、ミッシェル、ジョルジュ、ピエール、フランソワらの傍らに、R、M、C、A、O、N、B、Dといった頭文字だけで記されている、祖父や祖父の兄弟たちを介護した九人の祖父の姉妹の、慈悲深いシスターたちのような使命感も感じない。かと言って、林檎の老木、老いた父、子ども時代の思い出の中の人々の顔や言葉といったもろもろが消え去ってほしくはないという、そんな女の子らしいノスタルジーにも駆り立てられるの。

でも、彼に死んでほしいという願望もある。そこには憎悪がともなっていたり、いなかったり。なぜなら、彼はもう十分生きたし、このままではもっとひどいことが起こるのではないかと私たちは心配している。半分枯れかかったこの枝を切ってしまいたい、自分の中から彼の存在を追い出してしまいたい、人生はもっと別なところにあるべきだし、未来はもっと面白いはずなのに、老人たちは醜いばかり。いつか、嵐の夜にあの老いた林檎の木が彼の頭上に倒れてくれたらと思う。これ本心よ、鳥さん、本心のひとつ。

毎日少しずつ心が離れて行く。もはやそこにはずっと古くからの絆や、たぶんこれが最後の絆となるであろう、ある外科医との思いがけない情愛深い絆の思い出しか残っていない。いや、決して最後ではない。今、これを愛とは呼べないけれど、私たちは心を痛めている。私たちは心を痛めている。そして、どうしたらいいかわからずにいる。

牧場の奥地で、古びた納屋が崩れ続ける。

――

私はメルヴィルの海岸で、丸い小石を二つ拾う。これはママとパパ。

ママの小石は茶色いアーモンドの形、ぶつぶつと小さな穴があいていて、上の方は色が薄く丸い形になっている。底の方はさらに色が薄くなり、二つの楕円形を形作っている。まるで質素な法衣を着て、ヴェールを羽織った女性のシルエットのよう。服の上から下にかけて黄褐色の割れ目が走っていて、心臓に当たる部分に一つ穴があいている。

パパの小石は濃い茶色で、もっと大きく、ピストルの形をしている。そのピストルを手に持って銃身を高みに向けると、勃起したペニスに似ている。横にして掲げると、白い二本の弦が張られたマンドリンにも見える。私は二つの小石を寄り添うように置く。そして、一方をもう一方の方に傾けると、ママの小石の左側の隆起した部分が、パパの小石の右側の窪みにぴたりとはまる。

ある有名な神秘的な詩句が、砂の上を歩く私の歩みと呼応する。「悲しく眠るマンドーラ、悲しく眠る…」(12)。

（12）〔原注〕ステファヌ・マラルメ（Stéphane Mallarmé, 1842-1898）の詩「レースのカーテンは己を廃する」（Une dentelle s'abolit）の中の一行。

超人ハルク(1)

——僕はペリクールでの、この介護の滞在が怖い、とバンジャマンは思う。
僕は一〇歳のときにスペインから引き離されたことで両親をひどく恨んだ。それ以来、僕はヴァカンス中ずっと部屋の中に閉じ込もって過ごしていた。彼らは僕のことを麻薬でもやってるんじゃないかって勘ぐっていたけど、僕は小説を書いていたのだ。独裁政権に支配された、凍えるような寒さと泥にまみれた北方の国が舞台で、主人公は南の大地を目指したが、常にスパイ(情報機関)につきまとわれて失敗するという大河小説だ。

僕はあのケチンボ爺いが嫌いだ。僕が彼に似てるって言われるとなおさらだ。心の内でも外でも嫌いだ。第一、僕は全然彼に似てやしない。僕は彼みたいに自分が世界の中心だなんて思ってやしない、僕は自分ひとりの満足のために妻や息子までパ゠ド゠カレー県(2)のようなじめじめした土地に放り込んだりはしないし、自分の息子が不貞を働いた妻と、他のことはさておき、別れたからって、そんな口実で息子のことを否認したりは決してしない。

僕がケチンボ爺いの頭ごなしの小言や、たわ言に耐えなければならなかったように、今度は、彼が耐えながら僕と共存することを余儀なくされている。そしてまた、僕は何の責任もないユキコとタケオが心穏やかに暮らしていけるように気を配らなくてはいけない。

ここにいると僕はまるで北朝鮮と韓国間の境界線に居るような気分だ。核戦争が起こる前に出兵を解除されたいよ。

——僕たちがここに着いてすぐ、とバンジャマンが兄弟たちに書く。僕たちが荷物を置く

（1）ハルクは米国の漫画の主人公で緑色の巨人。怒りや憎しみと言った負の感情が身体の中で一定以上に蓄積するとハルク化して大暴れする。

（2）Pas-de-Calais：フランス北部オー＝ド＝フランス地域圏パ＝ド＝カレー県のこと。アブー一家の家がある。

やいなや、僕が鶏肉を切り分け、ユキコがサラダの味つけをしている間に、パパとタケオが仲良く腕を組んでどこかにいなくなっちゃった。二人がトゥインゴ[3]に乗って高速のインターチェンジまで行ってしまったのではないかと想像すると心配で胸が締めつけられる思いだった。あちこち二〇分も探し回って、やっと遊戯室に引きこもっている二人を見つけたよ。

そのとき、郵便配達人が来た。するとパパは銀行からの郵便物をひったくり、その後それを持って書斎に何時間も閉じこもって長らく考え込んでいた。もう彼の手からそれを取り上げるには手遅れだ。もっとも、別に大して重要なものではない、単なる口座の明細書だ。でも僕は怪しげな行動をしているパパと、牛を見に行こうと言ってみたり、『バーバパパ』の絵本[4]を読んでくれとせがむタケオと、片や、この奇妙な世界に放り込まれて、率先して何かをするにはまだおしとやかすぎるユキコに挟まれて、僕は少し不安だ。

僕を元気づけてくれていること、それは僕たちの理想に適った家をシャンティイのそばに見つけたことだった。五つの部屋と柳と桜の木のある五〇〇平方メートルの庭付きで、ユキコがフランスに住んでいても異国にいるという居心地の悪さを感じさせない家だ。

午後一時。数時間前からパパの感情が少し昂ぶっている。今しがた「私の人生」と自分で題をつけたファイルを失くしたばかりで、それをジョジアンヌがくすね取ったんだろうと言って彼女を責め立てている。加えて、ジョジアンヌの作る食事はまずいから庭にぜんぶ吐き出すと言っている。

午後四時。ケチンボ爺い王国のイヴニングニュースをお届けします――激しい衝突が勃発！

タケオを起こす。眼鏡屋にパパを連れて行くためにエスダンに向けて出発。ケチンボ爺

（3）5ドアの小型自家用車、ルノーの「トゥインゴ」のこと。

（4）フランスの絵本作家アネット・チゾン（Annette Tison, 1942-2010）とアメリカの絵本作家タラス・テイラー（Talus Taylor, 1933-2015）夫妻による絵本。

い、つんと取りすました顔で言う。気ぜわしいな、この予約時間。

眼鏡屋に到着。ケチンボ爺いが視力検査を受けている間、タケオがちょっと前にすれ違った消防車のまねをして「ピーポーピーポー」って叫びながらあちこち走りまわる。眼鏡屋を出る。ケチンボ爺いが言う――まったくあの店の中でお前の息子の声だけが響いてやかましかった、イライラしたぞ。

それで、エスダンのアルム広場の駐車場で、いつもは、自分で言うのもなんだが温厚な僕、バンジャマンが突然、超人ハルクと化したのだ。(5) 吸血鬼の歯をして、全身は緑、テストステロンで盛り上がった巨大な筋肉の腕を持ったハルクに。その豹変したハルクはかろうじて、タケオと何人かのエスダンの通行人だけを除外して、それ以外の人間を殺してしまいたいという衝動に駆られるハルクだった。

要するに、つべこべ言われるのはもうたくさんだと僕はパパに語気を荒げた。タケオの「ピーポー」を楽しめばいいんだ、なぜなら、僕たちはもう二度とペリクールに足を踏み入れる気はないんだから、彼がそれを聞けるのももう最後だ。彼の性格の悪さや、これまで感謝の言葉が一言もないのにも僕たちはもううんざりだ、と。それから、僕は、ピザレストラン「ル・コスモス」の屋根の上に留っていたカラスたちがびっくりして一斉に飛び立つぐらいのすごい勢いで、車のドアをバタンと乱暴に閉めた。と同時に、この罵り合いが自分に向けられているのかと怯え、超人ハルクに八つ裂きにされるのではないかと、ベビーシートに座って恐怖のあまり泣きじゃくり始めたタケオをなだめなければならなかった。

再び重い沈黙が戻る。このような事態に耳を疑ったユキコが僕に言う。父親に向かってそんなふうにどなりつけるなんて、日本では考えられないことだと。そして、僕を落ち着かせるために、低カロリーのライスクラッカーを買いに行こうと言ってスーパーマーケット「チャンピオン」に僕を連れて行く。

（5）注（1）参照。

一八時。パパがこっそり僕を呼び寄せる。僕にこう言う――さっきは悪ふざけな冗談を言ってすまなかった。そして――お前がわしを懲らしめるために、わしがお前に預けた書類を姉さんに渡さないなんてことはしないでほしい（彼の子どもたちが彼から家を取り上げてしまうかどうかを知るために彼が公証人に宛てた例の手紙のこと。自分が何を言っているのか理解できていなくて、心配が高じてつじつまの合わないことを言っている）

それからは、奇跡的な仲直りの夜のひととき。絶対に僕に罰せられたくない彼は、失くしたと思っていたが遂に見つけた手書きの「私の人生」を僕に貸してくれる。そして僕に読むよう勧める。それがしかし読んでみると結構面白い。これを読むと僕は一九九四年にカンテットと結婚していることになっている。

今日はいろんなことがあったが、いいニュースがふたつ。ひとつは、僕の月給がタイで行った仕事と去年の秋の経済恐慌の時期の仕事の報酬として二〇〇ユーロ上がったと勤務先の新聞社が伝えてきたこと。もうひとつのいいニュースは、いつだったか忘れたけれど僕が東京からペリクールに持って来ていた、まだ手つかずのままの日本酒を一本見つけたことだ。我々姉妹兄弟たちの水曜日の晩餐用にパリに持って行くことにしよう。

――

逆襲のバンジャマンハルクは、怒鳴りたててはいたけれど、でもビクビクもしてたのよ、と私は例の鳥さんに言う。私たちがお仕置きでお尻を叩かれるとき、廊下で徐々に近づいてくるパパの足音が聞こえてくるとき、私たちを完膚なきまでやっつけようとして近づいてくるあの暴力を待つ間、私たちは恐怖で震えたものよ。それが今では罰せられるのはパパの方。この特異な逆転現象は私をぞっとさせるものがあるわ。「神」（かつて君臨した彼）が、人々に摂理に背いてでも復讐したい誘惑に駆らせておきながら、今度は、その彼らに自分を許せと懇願するような、そんな神の「最後の審判」なんて想像できるかしら？

でも、その「神」はお金を隠し持っている上に、子どもたちに家を取り上げられるのではないかと恐れている。かくして彼は、シェイクスピア劇の王様から、打って変わってモリエール[6]の守銭奴アルパゴンとなる。

その夜私は夢を見た。課外活動で生徒を連れて演劇鑑賞に出かける際に、それを許可する生徒の父親のサインをもらい忘れてしまうというヘマをした夢。そのクラスにはミオマンドルとかモーリ・メイといった可愛いくて色っぽい名前の女生徒たちがいて、彼女たちが言うことを聞かずに、てんでんバラバラにいなくなった夢。ひとりの父親が私に会いに来て、それも私の自宅にまでやって来て、驚いたことに、私の授業が生徒たちを困らせるほど難しいと言って私を非難するという夢だった。確かに私は浅はかである、と同時にまじめ過ぎていて、無責任で、独創性がなく、偏見のない自由な精神を十分に持ち合わせているかといえば、それもまた十分ではないのだ。まったくもって非難に値することだと私も思う。それにしても、息子や娘が失敗したりすると、父親は彼らを非難するが、息子や娘が成功すると、父親は非難したことを忘れる。父親は忘れるけれど、息子や娘は非難されたことを決して忘れはしない。

私の心の奥底で、密かに呼子のように合図する言葉がある、それは贖罪という言葉、神託の古い言葉、古代の祭壇の古い言葉だ。普段この言葉は、灰色がかった一片の小さな雲のようにおぼろげに彼方此方に移ろいでいる。だが、料理の準備に取りかかる前のママが一杯のワインを手に取って「これ、元気づけの夕べの一杯よ」と言っていたのと同じように、私も喝を入れるためのウイスキーの一杯を飲んだその後に、そう、そんなときだ、贖罪は再び活性化し、心の内なる巨大なプロジェクターが作動する。そして私はウイスキーの勢いさながらに明快な弁舌で　例の私の鳥にこう言う。

――私にとって、あらゆる言い訳は罪を償うものだったの。若い頃は、いくつもの矛盾した贖罪を幾度となく積み重ねたわ。プロレタリアの恋人を持つことで良い家柄であることの償いをし、良い家柄であることで、プロレタリアの恋人に償いをした。私は階級闘争の、その場しのぎのスケープゴート、私の階級からの嫌われ者、私は一日たりとも何かの償いをせずに過ごした日はなかったわ。元の階級からは脱落し、別の階級では良くない連中と交流する、この耐え難い道徳的汚点の意識を代償にすることでしか喜びは得られなかったの。

（6）Molière（1622-1673）：フランス古典主義の三大作家の一人。古典喜劇の完成者。戯曲に『守銭奴』や『病は気から』など多くの古典喜劇で知られる。

――トリオレットと一緒にやったものだわ、とカルテットは思い出す。部屋で何時間もダダとかザザという名前をつけた子馬の駒の遊びをしたことを。それぞれの家族に子どもが八頭ずついて、私の子馬は赤と青、トリオレットのは緑と黄色。緑と青はオスの子馬、黄色と赤はメスの子馬。毎日昼寝の時間になると、私たちは目の前に子馬のゲーム用のトラックを作った。さいころの六でダダが周りの枠の外から出走すると、ダダは何が何でも自分と同じ色のコマを手に入れて、コースの中央に持っていこうとする。そこまで行けると、彼の運命は決定的。オスのダダがゴールすると、大喝采で「私の子孫は安泰だ」って勝利宣言をするの。勝ったのがメスのダダだったときは、何て言ったかはもう覚えていないわ。

　コース上には取られる心配がなく、ずっとそこにとどまれる安全なコマがいくつかあった。敵のダダを追いかけて、捕まえて元の位置に戻らせるためには、そのコマで敵のダダが通過するのを待ち構えるの。でも、あまり長い間そこにいてはだめ、敵の追っ手もいつかはそのコマを奪取しようとやってくるのだから。トリオレットと私は、夏の空気がまどろむ家の中で、手にしっかりと握った壺の中のサイコロを夢中になって振り回しながら、何時間もこのザザのゲームをして遊んだわ。それはコマは自分の子どもであって、彼らの将来を保証できなかったらどうしようかと怯えたり、勝負の終わりの頃には盤上に逃げ場もないまま彼らをさまよわせたり、あるいは敵から永遠に枠の外に投げ出されたり、その真剣さはまるで私たちの全人生をそこにかけているかのようだった。

――運命の力が私たちを軌道から逸脱させたときのことを、とカンテットが思い出す。トリオレットとカルテットと私は、ママの範疇からほど遠いところに飛び出して、シモーヌ・ド・ボーヴォワールの著書『娘時代――ある女の回想』(7)によって触発されて反体制派集団を構成した。と言うのも、ボーヴォワールによって、自由という概念は明白な正しい路線となり、人は何かに定められたものとして生まれてくるのではなく、何かになるのだと説いたのだから。私たちはボーヴォワールの親友ザザ(8)が辿ったような悲惨な運命に陥る

(7) Simone de Beauvoir (1908-1986) 著『娘時代――ある女の回想』(*Mémoires d'une jeune fille rangée*, 1958)。日本語版は、朝吹登水子訳、紀伊國屋書店、一九六一年初版。

のを恐れて、逸脱した娘たち同士で自分たちの殻に閉じこもるための繭を織った。私たちはママのレシピでお誕生日ケーキを焼きながらも、自分たちの失恋や離婚のこと、堕胎のことをママの使う言葉を交えて慰め合ったり、婚外子として生まれた子どもたちの宗教色のない世俗の代母になったりした。私のことで言えば、私がママから離れることを可能にしたのは他ならぬ、心に浮かんだママのイメージだった。私はトロンボーン、ファゴット、クラリネット、ドラムから成る、女ばかりの吹奏楽団を造って率いた。この女友達たちの吹奏楽団がなかったら、ひとりぼっちで一体私はどうなっていたことか。たぶん、この社会的規範から逸脱したからこそ、私たち三人がともに迷宮に迷い込んだり、当時スゴンドを脅かし始めたあの薄紫の女城主から免れることができたのだと思う。

――

短く刈り上げた髪を「男の子みたいな娘」と決めつけられ、そのあと今度はいきなり「売女」呼ばわりされていたカルテットは、仰々しい名前のついた従姉妹ローランス・トランブレ・ド・ラ・クリュシュの前で軌道からの逸脱をこう宣言した。

——私の夫は一農民、それも正真正銘の農民よ、あなたのお父さんの地元の北フランス独特の訛りで話す、いわゆる「シュテイ」って呼ばれる農民たちに似ているけれど、彼はブルゴーニュ訛りよ。私は干し草を刈り、牽引馬を育て、ビニールのテーブルクロスを広げたテーブルで食事する、そんなことが好きなの。私たちの祖母がそうだったように私は私の村の村長、だけど女城主ではない。だって、ここには城はないのだから。私たちはわが村を立派な庭園にしようと村の委員会で決めたの。通りには五五種類のバラを、村の果樹園には素晴らしい見事な木々を植えたわ。

——私はね、とカンテットが従姉妹に言う。いつもしたいことをしてきたわ。ハンサムな男たちを熱狂的に愛して、今は私の新しい家庭[9]を支えている。音響制作会社を運営し、リガ[10]のグランプリを競うコンクールに出場するインターナショナルな合唱団を率いている

（8）注（7）の著作の中に描かれているボーヴォワールの親友。結婚を親に反対されて失意のうちに脳膜炎で若くして死去。

の。歌声をいろんな風に絡ませるのが好き。オクタヴィオの素敵な身体に私の身体を巻きつけるのも好きよ。

——プリミュスが言う。僕はね、甘やかされて育てられた後、巣の外に放り出された長子の家系の長男だ。僕はアーティストたちが羨む特権的な集団の中で頭角を現した。そこには、貴族階級の持つ堅苦しさから解放された気楽さ、空想力、繊細さがある。僕は世界中の楽器に精通していて、アラブ音楽とモーツァルトを併せた曲をいくつも作曲しているよ。

——僕は、とバンジャマンが言う。異常な事件や遠い駐在地に惹きつけられる自分の特性を活かしたジャーナリズムの仕事に満足している。現場に立ち合うのが好きなんだ、世界を写真に写し取ること、メキシコやウズベキスタンで仕事をすることが好きなんだ。自分はスペイン人でもあり日本人でもあると感じるんだ、フランスの田舎やパ＝ド＝カレーは御免蒙る。

プリミュスとバンジャマンは償いをするという意味ではないが祖国を離れている。そして、時々母国に戻って来る。片方は激しい怒りを胸に抱きながら、もう片方は軽く口笛を吹きながら。

そして、私、トリオレットは、実家の所有権を引き継いでいたスゴンド亡き後、昇進を試みた。つまり、ある側からは脱落したが、別の側で高等教育教授資格を獲得するということだった。教育困難校(11)での教師という私の仕事は、おそらく家族や社会への借りを延々

（9）famille recomposée（再構成家族）：現代フランスに現れた新たな家庭環境のこと。元妻、元夫、あるいは元パートナーと別れた子連れ同士が家族を構成すること。フランスでは男女が別れても親権は両方の親にあるので子どもたちはそれぞれの親の新たな家族空間を行き来する。

（10）バルト三国ラトビアの首都。

（11）優先教育地区：zones d'éducation prioritaires（ZEP）のこと。学業不振の割合の高い、社会的経済的に恵まれない環境にある移民の子どもたちの多い地区がZEPに指定され、財政面、教育面で特別に支援されている。

と返し続けることを可能にするだけでなく、言語や文学に対する私の嗜好を生徒たちと共有し、私の苦悩をうまく誘導してくれるような規則正しい生活を可能にしてくれているのかもしれない。

試行錯誤しながらも、どうにかこうにか私たちは五人それぞれが、ひとりはノルマンディーに邸宅を、ひとりはメニルモンタン街にメゾネット型アパルトマン、ひとりはカタールに豪邸、またひとりは日本風の館、そしてもうひとりもブルゴーニュに厩舎を建てた。私たちは一族の一員であるということのほかに、各自それぞれが家族を、社会の顔を、個人としての自己を持っている。われわれはそれぞれが固有の人間であると強調しながらも、兄弟同士の前では団結ぶりを示すこともあれば、頑強さをみせつけようともする。皆で一緒に夕食のテーブルを囲んだとき、気まずい空気になったり、あるいは、急にわけのわからない敵意に駆られて、軽くやり過ごすことができなくなって怒りを爆発させてしまったりすることがある。この世に自分しか頭にないプリミュスは、フォークを振りかざしながら、延々と自慢話をする。私はといえば、何か言おうとするたびに誰かが私の発言を遮る。それはまるで私が空疎なプリミュスの自慢話に肩入れをし、私が兄弟姉妹たちに黙って聞くようにとうるさく迫るのを阻止するかのように。カルテットは、誰の話も聞こうとせず、かつてのママのように交信不能、そして突然けんか腰になって、平手打ちを食らわしそうになったかと思うや、家畜運送用のトラックの中に逃げ込む。カンテットは有無を言わせぬ口調で、皆に聞こえるように調子はずれの声で、それぞれの人生の選択を断固主張する。バンジャマンはパパのようにたった一言、断定的な態度で、何に対してもノーと答える。われわれの中の二人が激しく言い争いを始める。一人がテーブルから立ち去ろうとする、三人目が長椅子の上を行こうとする彼を押しとどめる、あとの二人が彼のズボンの脚にしがみつく。

事情がどうであれ、私たちは鞭の入れあいも好きなら、レストラン『テルミニュス・ノール』[12]で一緒に海の幸を食べるのも好きだ。

(12) テルミニュス・ノール(Terminus nord : 北終着駅)はパリの北駅の前にある大きなカフェレストラン。ビールと魚介類を味わえるブラッスリー。

常に仲違いの危険があるとはいえ、私たちは互いに庇いあい、暖かく包み合い、援護し合う。何か事が起こりそうな気配の前には誰かがではなく「われわれ、全員が」と言わなければいけないが、そういうときは、下品な言葉を発しながらベッドの上で、マットレスのスプリングが壊れるほど飛び跳ねる昂奮した子どものように過激になり、われわれには未だ避けることのできないことを愚弄したいという欲求や、われわれの出目からでたもの、それ故に肌身に染みついたものを破壊したい、すべての軌道から逸脱したい、そして、奔放に生きたいという欲求に駆られる。われわれはさらにそれに尾ひれをつけ、お互い似た者同士である兄弟姉妹一族郎党の使う言葉を使って誇張する。またそれぞれが「彼(アブー)」に似たところを持っているがゆえに、われわれは「彼」でもあり、「私たち」でもあるわけだが、でも同時に「彼」でもなければ「私たち」でもない。互いに近く、それぞれがわれわれの一部であり、そこに個はない。

M伯母、C叔母、B叔母、ジョルジュ伯父、ミッシェル叔父たち、彼らの幻影が行きつ戻りつし、時に私たちの意思に関わりなくわれわれの心によぎる。その彼らと同じく私たちも一族に献身的であり続けるのだ。

ペリクールでは私たちはかつての娘、息子という型の中に戻る。それはまるで焼き具合の程度や入れる中身、大きさはさまざまだが、同じ手によってこねられ、オーブンに入れられ、並べられた、小さなパンたちのようだ。私たちは大きな声で話し、私たちがもう使うことを止めた言葉をパパのために再び使う。――「神経に障るわ」、「辟易するね」、「正気の沙汰ではないね」、「バンジャマンは善良な人柄だね、息子の方はひょうきんだけどね」、「ティムは本当に血気盛んだね」等々。私たちは身のこなし、身振り、声の抑揚、座り方、そして呼吸の仕方までもパパのいる空間に合わせる。

そんな風にしながら、私たちは老父に彼の好きなメレンゲ菓子をちゃんと用意してあげるのだ。

突然、あるぞっとするような疑惑に私の息は止まりそうになる。パパの家族とママの家族は友達同士だった。それで、もしパパとママが、そうとは知らずに、片親違いの兄弟だったら？　もしママの親子関係が疑わしいもので、私たちが父方の、あの爺さんの血でおどろおどろしくも満たされていたとしたら？　自由で、ボヘミアン的な暮らしを夢見ている私たち、その私たちの全身の肌の毛穴に老アブーが張りついていたら？

――そんなことを想像して悩むなんてバカね、とママの写真を眺めていると、私の心の中のカルテットが言う。ママの面長な顔、ふっくらとした唇は、角張った顔で唇の薄い老アブーとは似ても似つかないじゃない。

――僕はこの宿命的な不運を断固拒否する、と私の心の中でバンジャマンが言う。僕は、アルフォンソの息子だ、あの、ママに心酔し、子ども用プールで他の子よりとくに優しく僕の顎を支えてくれていたハンサムなスイミングの先生の息子なんだ。

――僕はね、僕はモーツァルトの息子だ、それから、ハドック船長(13)の息子でもある。そして僕自身の創造の息子だ、と私の心の中のプリミュスが言う。

――私たち、ありのままの自分でいましょう、そして好きなように生きましょう、と私の心の中でカンテットが言う。

私たち五人はそれぞれがいくつもの言語を話し、それぞれの抱える、もつれた糸を解きほぐし、ばらばらになった人生の断片を何とかして縫い直し、あちこちから寄せ集め、それぞれ各自固有のコラージュを作ったり、一方では冷凍にしてみたり、また他方では溶かしてみたり、残忍な爪を持った怪物になってみたり、そしてその爪をひとり噛んだりするのだ。

私たちには、銀の燭台二つと一八世紀製の西洋すごろく用の机が与えられたが、それを灯す蝋燭も残されていなければ、ゲームの遊び方も教わらなかった。すべて、最初から組み立てなければならない。

——

(13) Capitaine Haddock（仏語読みだと「アドック船長」)、ベルギーの漫画家エルジェ（Hergé, 1907-1983）の作品『タンタンの冒険』にでてくる顎鬚の船長。酒好きの偉丈夫。タンタンと数々の冒険を共にする。

――ここの涼しさと牛たちの鳴き声に囲まれていると僕は癒される、とペリクールで当番のプリミュスが独り言つ。パパは銀行の書類をいじくり回したり、木の枝を切ったり、庭の紫陽花を数えたり、僕が用意する素晴らしく美味しい料理をくちゃくちゃと噛んで食べている。

また別の朝、彼が台所で主の祈りを大きな声で、まったく何の記憶の欠落もなく空で唱えてから、注目すべき考察を述べた――天国が問題なのは、われわれに何も知らせて来ないことなんだ、迎え入れてもらえるのか、それとも（天国と地獄の間の）煉獄に送られてしまうのかわからないことなんだ。と。楽観的な男だ！　もしかしたら真っ直ぐ地獄に送られてしまうなんてことは考えもしないいんだ。

昨日、僕は昼寝をした後、彼がテラスのタイル張りの床の上に真っ裸のまま横たわって日光浴をしているのを見つけた。手を頭の下に置いて、ううっ、ううっ、うううっと言いながら。

わしは鳥のさえずりを聞きながら、鳥たちに合わせて口笛を吹くんだ。

確かに彼がこれまでずっと鳥が好きだったことは本当だ。車の中でママと一緒に声を合わせて歌うのも好きだった。「そして、私はナイチンゲール（小夜泣き鳥）の歌声を聞いていた…ナイチンゲールはオリーブの木の下で歌っていた♬」等と。そして、彼はハンドルを握って移動する間ずっとハーモニカを吹いていた。「結局のところ」――これは、ママが台所で胸の内を明かすときによく使っていた表現だが、結局のところ、僕が兵役につかないでミュージシャンになれたのは、彼のおかげという訳だ。

このキジバトの鳴き声から、僕は早速カタールのオペラのためのリズミカルに反復する主題のインスピレーションを得た。ウード(14)やトルコのサズ(15)も弾く僕のバリの友人が、それ

（14）中東から北アフリカのモロッコまでのアラブ音楽文化圏の楽器。リュートや琵琶と近縁。
（15）ペルシア、アゼルバイジャン、トルコ、バルカン半島諸国のリュート系の楽器。

をインドの楽器サロードで奏でる。

突然いい考えが浮かんだ。今、クレージーホースの支配人は素晴らしい振付けをする僕の友人フィリップ・ドゥクフレだ。[16] 彼に電話して、パパを連れて見に行くから、何席か予約してもらえないか聞いてみよう。兄弟姉妹たちに、このことを提案してみる。二二時までパリの夜を過ごして、その後、僕が夜の内にパパをペリクールまで車で連れて帰る。トリオレットとカルテットがプレゼントしたクレヨンのお絵描きとはまた違った気分転換になるだろう。

七月一六日。カナダ風騎馬警察官（「ビーバーの毛皮の帽子」と、赤い上着に革のブーツ）に扮装したクレージーホースの門衛に、パパは、オタワでの自分の結婚式の話をしながら手をさしのべて熱烈に握手。

ショーは素晴らしかった。僕は彼のすぐ隣に座っていたから、彼の寸評がすべて聞こえた——**おっぱいと尻が見えるぞ**。次に言ったことは、きらきらした光沢のあるカーテンに芸術的に工夫された照明だけが照らし出されたときに——**尻をみせるのを忘れているぞ**

だった。

そして最後は夜の道を、よろよろと、長男である僕の腕につかまって帰路についた。

――帰路の道中、すべてが台無しになった、とプリミュスが姉妹兄弟たちに書く。自分はあの慈悲深いガンジーのようだと思い始めた僕だったが、またいつもの僕に連れ戻された。**トゥインゴの扉を乱暴にバタンとしめてやった！** つまり、こういうことだ――はじめはパパは少しうとうとしていた、それから目を覚まして、不愉快な声で言ったんだ、道が違う。アラス方面を示す標識がひとつもない。と。今、北の高速の上を走っていて標識はもう少しあとになったらあるよって僕は我慢強く返事をした。いや、料金所を通ってない！　とパパ。五分後には料金所に着いたが、彼は言い出したら聞かない。僕は慎重に減

（16）Philippe Decouflé：一九六一年生まれのダンサーで振付師。一九九二年仏国アルベールビルでの冬季オリンピック開会式・閉会式の演出で知られる。

速しながら運転することに神経を集中させ、とうとう現れたアラス方面を示す標識を彼に示す。そこでやっと譲歩――そうか、そっちから回って行けるかもしれない、だが、いつものルートじゃない。そのあまりの悪意に満ちた振る舞いにやる気を失くし、僕は黙り込み、ガソリンを入れるために停車する。彼は、おぼつかない足取りで車から出て、何台もの車の間を生気のない顔つきで、フラマン人やイギリス人、給油係や長距離トラック運転手やキャンピングカーに乗ったヴァカンスの客たち、そこに居合わせた人たち全員に、アラスに行く道を尋ねる。僕は彼を座席に押し戻し、バタンとドアを閉め、パリで飲んだシャンパンの最後の残り香を一掃するためにコーヒーを飲みに行く。

その後、彼はもう口を利かなかった、が、絶えず自分の腕時計を見ていた。それは大幅に時間を無駄にしたことを僕にわからせるためだった。夜中の一時に家に辿り着くと、彼は銀行からの手紙に突進した。僕にはそれを見せたくないようだったが、僕は彼の肩越しに読みとった。支払いの遅れていた年金四〇〇〇ユーロを彼が受け取ったこと、それで現在の軍人恩給が八〇〇〇ユーロになっていることを。

僕は提案するよ。彼がまた苛立ったときに備えて、僕たちはカナダ風騎馬警察官のユニフォームのレンタル料に投資することにしよう。その方が、いずれぶっこわれてしまうトゥインゴのドアを買い替えるより安くつくと思うよ。

——

メルヴィルの海岸には、最近の台風によって奇妙なものが発生した。それは干潮時の浜にいくつもの絡み合った海藻の塊で、毛むくじゃらなワニ、毛むくじゃらなボア、毛むくじゃらなロブスターの群を作り出していた。ところどころに生温い水たまりを成している砂浜は大きなカメノテ（亀の手）でぎっしりと覆われていて、それらはその殻から大きく膨らんだ吻管を広げていた。この何かの表象のような雑多な群れに目を奪われた中年の海水浴客たちは、彼らの方に肢を伸ばしたり、引っ込めたりするカメノテの突起肢を足の親指の先で突っついている。

そして、今、水たまりに潮が満ちる。そこかしこ至るところに。海水浴客たちは、身ぶるいをしながら腿の上から、縮こまった腹部へと海の中に入っていく。青みがかった空の切れ切れにいくつもの雲が遠慮がちに輪郭を描く。

私の足元にヒトデがふたつ、みっつ、よっつ、いつつ。私はヒトデ街道を行く。そこにはオレンジ色、紫、緑のものや、腕を十字架のように水平に広げたものもあれば、折りたたんだり、脚を躍らせたりするものもある。それらはピンク色のお尻をしたバッカス神の巫女たち、ヨウ素を含んだ空気に酔う悔悛者たちのようだ。ヒトデがふたつ、光沢のある海藻の下で絡みあっている。私は海の唾液のような波の中に深く潜って行く。

一五〇〇〇ペセタ損をした――いや待てよ、ベルギーの会社から書類が来ているぞ――返金してくれるんだと――一五五〇〇ユーロと書いてある――わしの口座番号さえ知らせたらいいだけだ。そうすれば返金してくれる。

いや、ちがう――ベルギーのあいつらがわしのペセタを盗んで、それで後悔してわしに返金しようとしているんだ――隣のやつがベルギー人にはかまうなと言っている――だが、わしが応じなかったら、彼らはわしを痛い目に遭わせるつもりだ。――奴らはわしの金で良からぬことをするんだ。

隣のやつが来た――やつはわしから手紙をひったくりおって――なんて厚かましい奴だ――隣りのやつは、自分の屋敷を建て増しするために、わしから家を取り上げる気だ――町長に訴えてやる。――一〇日後にはわしから家を取り上げるつもりだ――その前にやつを告発してやる。

時々、息子がベルギー人たちから痛い目に遭わされる夢を見る――わしは罰せられないから安心だ――

夜、ベッドのわしの横に誰かがいる夢を見る――わしは目を覚まして、小さな懐中電灯をつける、そいつを起こさないように、そいつを――亡霊をだ。


――


電子メール上ではたくさんのメールが押し合い圧し合いしている。

――甥のティムが書く。みんな、今書いたような揉めごとがあったのを知っているかい？ベルギーのインチキ会社がよくやる古典的なペテンさ。アブー爺さんが彼らにクレジットのカード番号、有効期限、暗証番号、といった銀行口座情報を渡せないように僕が彼の書類をこっそり取り上げたのはまずかったよ…。アブー爺さんはうちのレストランに来て客たちみんなが見ている前で、ゴミ箱の中までひっくり返して探したんだ。ボーイが止めようとしたけど、彼はボーイを突き飛ばした。ボーイはテーブルにぶつかり、その上に載っていたグラスが粉々に飛び散ったんだ。

その晩、まるで僕たちの間には何事もなかったかのように、僕は彼を夕食に招待しようと彼に会いに行った。彼はまどろんでいた。立ち上がると、僕の方にやって来て、まるで生ける屍のようだった。彼は今計画を練っているところなんだ、と思わせぶりな様子で言った。僕は何の計画なのかと尋ねた、すると怒鳴り始めた——嫌だ！　だからといってお前なんかに言うもんか！　言ったりしたら、わしに反抗してそれを利用するに決まってる。僕は彼に言ったんだ。僕はお爺さんの幸福しか望んでいない、そして夕食にはこれからもずっと招待し続けると。すると彼はこう言うんだ、もう自分にはなんの欲望もない、それに、いずれにせよ、もうすぐ自分は死ぬんだと。その上僕が彼の家を欲しがっているなんて言うんだ。で、僕は答えた。僕の城には十分な土地はあるし、何よりも僕は彼の家なんか全然ほしくないと。最終的には彼は、僕たちと一緒に夕食をとることを受け入れた。曰く、これが僕に与える最後の晩餐だとさ。

一八時、彼は落ち着きを取り戻すと僕に言った。ベルギー人たちは自分たちの目論みがうまくいかないことがわかったら怒るだろうと。僕は僕なりの方法で彼を安心させた。カルテット、ベルギー人たちからの書簡を添付ファイルで君に送るよ。

心の支えになってくれてありがとう。

――パパをリールに連れて行ったわ、とカルテットが書く、オマール海老と手長海老とメレンゲ菓子を食べにね。それから、恒例の口座の明細書の審議のお時間。お金はたっぷりあるからって彼に説明したの。と突然、彼がこう聞いてきた。――そうか、わかった、じゃあ、わしはあと百年は生きるぞ、でももし明日わしが死んだら、わしの金はどうなるんだ？　私は、公証人がすべてやってくれるから大丈夫だと答える。すると、今度は、子どもたちは皆なにがしか暮らしが立つようなものは持っているのか？　と尋ねる（つまり、子どもたちは彼から金を盗む必要がないのかを知りたいのだ）。私は、私たちみんな、ちゃんと生活費を稼いでいるから大丈夫だと言って安心させたわ。それから、ベルギーの詐欺師たちからの書類を見せて、彼を被害から必死に守ろうとしてくれている甥のティムに対する彼の態度をお説教した。それから、単刀直入に切り込んだ――「パパの財産を法定管理下におくのがいいと思わない？　そうしたら、誰もパパから財産を巻き上げることなんてできなくなるのよ」。すると相好を崩して――おお、そうか、それはいいアイデアだ！

その後で、今にも泣きそうになって、私にこう言ったの。――わしにはもうパパもママもいないんだ。

――気が変になるかと思ったよ、と甥のティムが書いてきた。僕は夢を見たんだ、その夢の中でカルテットが、ベルギー人たちからの書簡を受け取り、それによってアブー爺さんの言っていることが正しかったとわかり、彼らが探し出していた一五五〇〇ユーロを彼に返金したがっていること、そしてそれが真相だったことで君たちみんなが僕に憤慨しているという最悪な夢だったよ。

――バンジャマンが書く。われわれのペリクールの週末の当番スケジュールのことだけど、当番の分担表を新しく考え出したんだ、個人的には僕に好都合なものなんだけど。つまり、ケチンボ爺いの存在によって被った精神的疲労の度合いを考慮にいれるってことはどうだろう。これまでに、一年につきそれぞれが何日ケチンボ爺いに耐えたかが問題なんだ。つまり、なにを言いたいかと言えば、たとえば、僕の週末は実質的にはプリミュスより六一・五ポイントの価値があるということだ。というのもプリミュスは僕より二〇年も勝手気ままに生きてきたのだから。したがって、この先の当番のスケジュールはこの基本的に正しい統計に合ったバランスの取れた分担にするべきだ。

われわれの個人的な貢献度に基づいた項目を考慮に入れて、回数を増やしたり、あるいは、免除したりするのもいい。トゥインゴの鍵を取り上げた僕の功績は、五回分の週末の当番免除の価値があると僕はここに宣言するよ。

あっ、それから、僕が一五歳だった頃のある日、パパとママが台所でこう言っているのを聞いてしまったのだ――「詰まるところ、バンジャマンはろくな者にはならないね」と。僕のことを、ろくでなしどころか、人生の落伍者になるだろうと言っていたのだ。これは週末三回分の免除に値するね。

われわれの保護監督の進め方を通知するために僕が公証人に書いた手紙をここに添付します。みんな、どう思うかな?

——あなたの計算の仕方、よくわからないわ、とカルテットが書く。だけど、私の週末当番も一五〇ポイントとして計算してほしいもんだわ。だって、今から二四年前、実家でパパから冷たくあしらわれて、私は雪の中を、腕の中で泣き叫ぶ生まれたばかりの娘を抱えて出ていかなければならなかったの。それというのも、教会で式も挙げず、市役所で結婚登録もせずに、私が子どもを生んだからなの。

私はまだ他にも何らかのものは要求するわ。なぜなら私はパパの胡散臭いお金のことで迷惑を被っているのだから。彼は私の留守番電話に変なメッセージをいくつも残していて、そのたびに私は身がすくむ思いをしているのよ。…ブルル　あああ…折り返し電話をください。グルル　ああ…ブルウウ——ってこうなの。

私の娘はいつか私が老い耄れてわけがわからなくなったら、有無を言わせず老人介護施設に入れるって言ったの。でも、少なくとも、入れる前に予告はしてくれるでしょうね。雪の中にあの娘を置きっぱなしにしておけばよかったかしらね。

――その類いの申告は、二〇〇ポイントの週末と換算されるべきだ、とバンジャマンは書く。自分の子どもたちからは何もしてもらえないことを、自分たちの親にはきちんとする者への付加ポイントだからね。

――いずれ、フランスは、とプリミュスは書く。最新型のノートパソコンと連動した赤外線センサーを全員に装着させて介護サービスをする、超高性能の設備の整った老人病専門施設に詰め込まれた老人だらけになるよ。僕たちは、その内、身体中電子チップだらけのサイボーグ植物人間になって、子どもたちは、われわれのテレビドクターさながら、彼らの家から画面に映る僕たちを訪問するんだ。

――家族合わせゲームに七組のカードが増えたとするわね、とカルテットが書く。たとえば、「マルミトン家の曽祖母をお願いします」って言ったら、相手は車椅子に座って頭に鍋を被せた老婦人のカードを差し出すといった具合ね。

――いずれにしても、ケチンボ爺いが実際にお金をなくしたことには変わりはないわ、とカンテットが書く。ティムが言うには、警察官をしているティムの友人は紙幣を嗅ぎつける犬を飼っているんだって。紙幣探知犬っていうんだって。そんな犬たちがいるなんて私知らなかったわ。みんな、どう思う？

――だけど、と甥のティムが書く。そんな犬たちを使うのはいいアイディアだとは思わないよ。もし、何も見つからなかったら、アブー爺にとってはそれこそ本当に泥棒がいるってことになって、もうそれからはこの世の出来事すべてを疑うようになるよ。

僕が不愉快な態度をとったりするときのセリアが放つ新たな侮蔑の一言。「アブーみたいになるわよ」。

――そう、スヴェツラナも僕に同じことを言うよ、とプリミュスが書く。僕の場合は血筋は近いし、遺伝学的にみてもその可能性はもっとあるよ。

――**犬の世話になんかならないわよ！**　とカンテットが書く。

私が分厚い百科事典の「O（オー）」の項目をパラパラとめくっていたときのこと、私の指が何か分厚いものに触ったの。すると、正に「オーケストラ」の項目の下の方のページに三〇〇〇ユーロが入った封筒が挟まっていたの。それが消えてしまったというペセタよ！　明日私と一緒に銀行にそれを預けに行くことでパパを納得させたわ。
この思いがけない発見と私の正直さに対して、私の週末当番は一五ポイントおまけね。
来週、保護観察のために、アラスまでケチンボ爺いを精神鑑定に連れて行くのも考慮に入れてほしいもんだわ。

―――

――私は、ペリクールでの当番が近づいてくると、なぜかいつも同じ旋律が浮かんでくる。とカンテットは思う。それはともかく、私、この電車に乗れるかしら、それとも無理かしら？「ドナ　ドナ　ドナ　ドーナ♬」[1]。そして、頭の中でギターの指さばきがリズムを取り続ける。ホ長調とイ短調の「ドナ　ドナ　ドナ　ド…♬」に合わせた速度で歩くのは止めよう、でも、歩くのを止めたら、列車に乗り遅れてしまいそう。ニ短調、ト長調…。それに脚が止まっても、下顎が引き継いで、まるでセミが羽根をシンバルのように擦り合わせるように、「ドナ　ドナ　ドナ　ドーナ♬」を口ずさむ。この電車には乗れそうもないわ。今日は北駅の自動券売機の二台の内一台が故障している。仕方ない、窓口に並びましょう。一一人もの人が長い列を作っている。一人に二分ぐらいかかるとして、大丈夫、間に合う。時間の計算をしている間に「ドナ」は聞こえなくなった、でも、ミュートの状態で確実にそこにあって、いつでもまたすぐ鳴り出しそうだわ。ヴァカンスに行くときには、電車の出発一五分前に切符を買うこと。…「ドナ　ドナ　ドナ　ドーナ♬」、ホ長調、イ短調のオーバーラップ。「Like the swallow so proud and free... ♬」(2) さあ、これから私は老王を罷免する策を講じよう。「イザベル、もし王がこのことを知っていたとしたら(3)♬」…。窓口が一つ空いた。ところが先頭の客は自分の番なのにぼんやりしている。私は叫ぶ、「あなたの番ですよ！」。窓口の係が「次の方どうぞ」。さて、これからどうやって

（1）世界各国で歌われているイディッシュ（中東欧ユダヤ文化）の歌。一九六一年にアメリカで、フォークシンガー、ジョーン・バエズが歌って大ヒット。日本では『ドンナ・ドンナ』の題名で知られている。
（2）「誇り高く　自由な　空飛ぶツバメのように」『ドンナ・ドンナ』の歌詞。
（3）〔原注〕エディット・ピアフが歌って有名な歌『塔の囚人』の歌詞。

老アブーに私の訪問の本当の目的を説明したらいいかしら？　Calves are easily bound and slaughtered ♬」[4]…歯のパーカッション…。すぐに彼にわからせようか？　それとも覚悟させて、少しずつ理解させるようにしようかしら？　並んでいた三人が同じ窓口の前に進む。あら、あの人たちが一緒だったとは気がつかなかったわ、ちょうど一メートルは進んだわ。前にはあと四人だけ、あと六分。「How the winds are laughing… They laugh with all their might. ♬」[5]…私の前に並んでいる若者の携帯が鳴る「やあ、ステフかい？…わかった、今行くよ」。若者が列を離れる。二つの窓口が同時に空く。「ドナ　ドナ　ドナ　ドーナ ♬」…どうしたらいいかしら？　少し待ってみること、昼食のあとか、お昼寝のあと？　それとも夕食のあとにしようかしら？　精神鑑定は土曜日の一〇時半にならないと行われないんだし、確か一〇時半だったわよね。ええと、私の手帳…モンシー医師ね…パパに行く準備をさせておかないと忘れちゃうだろうし、かといって準備をしすぎると彼は疑いだすだろうし…違ったわ、一〇時だった、すっかり思い込んでいたわ…それから、住所は…精神療法の棟、第二セクター・ナイヤック、ファフナー教授の科…ファフナー[6]、まあ、何て大袈裟な名前でしょう！　へえー　私がこれから敢然と立ち向かうのは巨人か、あるいはドラゴンというわけね。

——次の方、どうぞ！

——えーと…九時二三分発の電車ですか？…いえいえ、違います、それでは間に合わないわ！ ご心配なく！ その電車は向こう側のホームから二分後に出発しますから間に合いますよ…急いで、でも切符を置いて行かないでください。

「On a wagon bound for market / There is a calf with a mournful eye ♫」(7)

——

ワタシはサン＝シール陸軍士官学校を出て、病気で除隊になり、それからマドリッドのサンゴバン社の経理部長になりました。

（4）「子牛たちは いとも容易く縛られ 屠殺される」『ドンナ・ドンナ』の歌詞。
（5）「どのように風はわらっているのだろうか…風は力の限り笑っている」『ドンナ・ドンナ』の歌詞。
（6）ワグナーの楽劇『ニーベルングの指環』に登場する巨人族の名。
（7）「縛られた馬車に乗せられた子牛は、とても悲しげな目つきをして」『ドンナ・ドンナ』の歌詞。

子どもは　　おります、
彼らの歳は…、
ワタシは…、…年に生まれて、ええと、
…　歳
フランス共和国の大統領の名前は…、あなたの言ったあとについて繰り返せですって？　あなたはこんなふざけたことを長いことやっているのですか？　お断りだ、復唱ごっこなんかしません。こんなところにワタシは何の用もない。ワタシには医者なんか必要ありません。

どうしてお前はわしにこんなことをさせるのか？　つまらない隠し立てをしおって！　もう息子までがわしから運転を取り上げたんだ、それも一番若い奴が…。こんな茶番はまっぴらだ…お前がわしをここに連れて来ることを知っていたら…。みんなでもってわしをだましおって、許せん、お前たちにはそんな権利ないし、わしに医者は必要ない。それにだ、ええと…いくら払ったんだ？…医者なんかいらない。

――精神科医は、パパの精神状態について、グージョン医師からの報告よりもずっと悪くなっていると私に詳しく説明してくれたわ、とカンテットは兄弟姉妹たちにメールを書く。パパは、医師の後に続いて「シトロン、クレ、パニエ」[8]っていう発音練習がちゃんとできなかったの。彼が言うとリマン、コリエになってしまって、そして苛立った。

翌日、サン＝ポール病院のまた別の、泌尿器科医のところに診察に連れて行く予定を立てたの。あの爺さんの奴めが、私のことを信用しないもんだから、今度は、思いやりのある私の夫オクタヴィオが彼を連れて行ったの。医者の前まで行ったら、彼は **私は病気ではありません、とても元気です** って言ったの。そして、オクタヴィオをさしながら、**病気なのは彼です、支払いするのも彼です**、って。まるで『ファラオの葉巻』[9]の中にでてくる、フィレモン・サイクロンがタンタンを自分の代わりに閉じ込めようとした場面みたい

（8）ことばの発声練習。意味は、レモン、鍵、カゴ。
（9）八九頁の注（13）参照。「タンタンの冒険シリーズ」の中の四番目の作品。日本語訳は福音館書店から一九八七年に出版されている（川口恵子訳）。

だったわ。あっけにとられた泌尿器科医は、パパを診察するのに苦労していたわ。

兄弟姉妹たちの誰もが、夜よく眠れない。

――カルテットは一人思い巡らす。私たちの両親は、どうやって彼らの親たちを許容していたのだろうか。老カミーユ伯父は娘のシャンタル叔母さんの家で亡くなったけれど、誰も彼の認知能力を辱めるようなことはしなかったし、優しく介護されていた。彼は自分の人生はもう終わったのだという ことを知っていた。でも、かつて、シャンタル叔母さんがまだ若かったときのこと、戦争で功績をたてていたが、英国国教会信者だった立派なイギリス人将校と彼女との結婚を許さなかった。同じ階層で生活基盤を維持している従兄弟たちの結婚のような、そんな結婚を娘に望んでいたのは確かだった。彼女は、その後、大規模な機材販売チェーン店ルロワ・メルラン(10)の創業者の社長との結婚を甘んじて受け入れたけれど、父親を恨んでいた様子はなかった。

――私たちは、とカンテットがたびたび思う。こうして反抗し続けていると、老アブーより長生きできないかもしれないと。なぜなら私たちの反抗の裏には病的で小児的な執着が包み隠されているからだ。あるいは、私たちはいつまでも生き続けるこのケチンボ爺いと共に、知らず知らずのうちに私たち自身の喪に服しているのかもしれない。あるいはまた、彼を抱えるには五人では手にあまり、ママを疲労困憊させたように、彼は私たちをも疲弊させようとしているからだ。ママは私たちの前に立ちはだかった屛風だった。そして、今、私たちは正面からもろに風を受けている。その風が激しく打ちつける。

――今や、自分が九〇歳になる前に死ぬかもしれないという予想も僕には全然恐くない、とプリミュスは何度もそう思う。僕は盛大で、宗教的な葬式がいいな、素敵じゃないか。もし、予算があるなら、空には花火やレーザー、3Dで描いた天使のホログラム、それから、童貞の軍人たちの聖歌隊もあるといいね。でも弔花は遠慮する。謙虚さは残してお

(10) 家の改築工事道具機材を販売するフランスの大規模なチェーン店。

かなくていけないからね。

――バンジャマンも思う。プリミュスは間違いなく、壮大な葬式を夢みているんだ。生きている間になりえたかもしれないすべてのことを華々しく放棄するためにね。だが、老人は一人一人それぞれが残骸だ。ただ彼らは時に、大なり小なり威厳に満ちた人間になったり、不快な人間になったり、人前で意地悪さをさらしだしたり、また、老いて背を曲げバイソンの瘤(11)のような姿に戻ったりするだけだ。

――ところで私は、とトリオレットは、無限ループのように何度も思い返す。「リマン＝コリエ、リマン＝コリエとしか言えないなんて、彼の知能の衰えは確かだわ」。この発声練習は、子どもの頃に繰り返し発音して遊んだ言葉を私に思い出させる。だんだんと早く発音して、子音の破裂音を絶叫調で発音するまで遊んだものだわ。「ピアノ＝パニエ…」って。今、眠りに落ちる前に私はやってみる、リマン＝コリエ、リム　アン　コリエ、ミル　アン＝コリエ、メランコリエ…。雌狐の襟巻、その尖った歯が私の首に突き刺さる…

悪夢から覚めると、例の私の鳥が手持ち無沙汰で暇を持て余した子どものように「ク、クク、ク」って鳴きながら私の頭を軽く突っつく。鳥さん、もしあなたが失われるものなんてないと思っているのなら、あなた、それは間違いよ。真の喪失は、ゆっくりとやってきて、繰り返し、繰り返し、やがて決定的になるものなのよ。

――

中潮のメルヴィルの海岸に美しく光が降り注ぐ。一羽のカラスが浜辺の餌をついばみ、私のいる方に向かって飛び立つ。

そのカラスの影が、まるで電磁波のように私の頭上を横切る。もう一羽のカラスが別の方角から私の上空で舞う。二羽の黒い鳥は、喧嘩し合いながら、「ユーロ　ロア（王）……ロア（王）…ロア（王）」と鳴きながら砂丘の上で交差する。

ノルマンディー伝説の中では、カラスの争いは不吉な予兆と言われている。

（11）老化や長年の姿勢の悪さから脊椎の突起が長く続き、横からみると背に瘤のように盛り上がってバイソンの瘤のように見える。

徘徊

芝生は霜で覆われている。庭の奥には二本のブナの木の幹がもやの中に浮かぶ。だが、それら最後の葉っぱは太陽の光に輝いている。

老アブーは夜、そぞろ歩きをしていたのだが昼間も徘徊し始める。

私は辞書を引く。

プチ・ロベール：DÉAMBULER［…］専門用語（精神医学）＝止めどなく歩き、うろつく傾向。

次になぜだかわからないが、「SCRUPULE」スクループルという言葉に目が留まる［…］小石。昔の重さの単位で二四グレーン（一スクループルは二四グレーンで約一・一三七ｇに相当する）。［…］」。

パパは私の靴の中の小石。横にいる分にはほとんど感じないけれど、真ん中にいると歩く度に痛い。

―――

――がんばれトリオレット！　とバンジャマンが書く。事の始めはいつも難しく考えがちだけど、一旦その場に立てばなんてことないよ。僕の知る限り保険証はどこかの隠し場所の中にあるよ。吊るしてある袋の中にはもう入れていない、そこだと夜、ごぞごぞと探される恐れがあるから。鍵はプリミュスが隠し場所を変えたから、僕は新しい隠し場所がどこだかもう知らないよ。

こちらは、ユキコが「歓迎とおもてなしの日」という案内状を受け取った。彼女は朝の八時にアミアンに出向かなければいけない。それは彼女に一夫多妻制は有害であること、ヴェールを被ったり、腕を隠したりせずに通りを歩くことができるということを知らせるためのものだ。[1]その後、熱烈に共和国の意義を尊重しますという契約書にサインさせられ

（1）移民の多くがイスラム系なので、ここではこうした通知は主にイスラム系の女性たちを対象にしていることを示している。

て、そして、三四〇ユーロ支払わされることになる。

――すべて順調よ、とトリオレットが書く。ケチンボ爺さん、金曜の晩は愛想がいい。私、隠し場所も書類も全部見つけたわ。それはいいとして、その代わりに、こんなことがあったの。仕事を終えて帰るところだった農村地域家庭介護協会（ＡＤＭＲ）のヘルパーさんと鉢合わせしたんだけど、彼女、なんだかかなり粗野な感じがするわ。パパの耳に力任せにイヤホンを差し込んで、そこから大音量の音が漏れているの。そして、それに耐え忍んでいたパパは、昔、お祖父さんが使っていた言い回しで、もごもごとこう言ったの。**私の頭を壊さないでください**、って。また彼女は、赤い栓抜きを失くしてしまったパパをきつく叱り、パパはじっとうなだれていたわ。それを見て私は激しい憐憫の情に駆られて、これではストックホルム症候群[2]に陥りそうだと思ったわ。

――

雨と風の夜、強風が想像力を狂わせ、漠とした感情を目覚めさせる。家は大きすぎる。彼がクローゼットの扉を開ける、ノブを回す、扉をパタンパタンと鳴らす。何たる恐怖。

私はベッドで縮こまる。誘眠剤を飲もうかしら？　恐怖で震える俳句でも書こうかしら？

夜中に足音が……妄想に火がつく……そして、すべてが鎮まる。

夜中の二時に突然彼が寝室に現れる。

バンジャマンに着替えをさせて、ご飯を食べさせてやらねばならんな。

――いいのよ、彼はもう食べたわよ、もう大きくなったんだから、大丈夫。

じゃ、何かい、何もすることはないのか？　もう何もすることはないのか？　クロチルドはどこだ？　クロチルドはどこにいるんだ？

（2）心的外傷後ストレス障害の一つ。一九七三年にストックホルムで起こった銀行強盗人質立てこもり事件の際に、人質が犯人に協力して警察に敵対する行動をとったことから、被害者が犯人と心理的なつながりを築くストレス障害のことをストックホルム症候群と呼ぶ。

（老アブーの部屋のある）階下の電気が消える。居間の暖炉の上の調子の狂った金属製の置き時計の振り子が一〇回鳴る。私の頭の中で古い歌のリフレインが繰り返される。「でもそれがジュールだったら、私の振り子の時計では、私の振り子の鳴る前からしびれるの、でもそれがジュールだったら、身体中でわくわく、わくわく」(3)。私は足の親指をこすり合わせる。

階下の明かりが灯る。

風の強い夜、突然パパが現れ、灯りをつけ、認知症のような目つきで私をじっと見つめる。手に大きな包丁を持って。

医者がわしに包丁を持ってこいって言ったんだ　どこに置けばいいんだ？　どこにだ？　どこに置けばいいのか？　どこにだ？

どこにだ？

――…台所よ、包丁は台所にしまうのよ。さあ、一緒に行きましょう。

ああ…

そして、すべてが鎮まる。この一時的な小康状態が一番不安だ。つまり、嵐が吹き荒れたり、止んだりするように。

先祖たちの複製画が胸の奥底に溢れ出る。その一枚一枚が武器と中世の頭巾を被ってズームレンズのように寄って来て、私を包囲する…。

ここ、ペリクールの夜は深い闇夜。


――

（3）〔原注〕フランスのシンガーソングライター、ギィ・ベアール（Guy Béart, 1930-2015）の歌『他の男だったらどうでもいいけど』（« Quand un homme »）の歌詞。

いつもの昼間の私、いつもの姉妹に返った私は、メールの受信欄に突進する。

――トリオレットは書く。今朝、パパは窓から芝生を眺めていた。すると突然私にこう言ったの。外に棺桶が五つあるぞ。当惑した私は近づいてみたけれど、何も見えない。本当だとも、あそこだ、可愛い！　私はもっとよく見てみる。小鹿が数匹茂みで草を食んでいる。それで、私は言う。「ああ、五匹の小鹿のこと？」　彼は私に言う。そうさ、それだよ。彼は（棺桶 cercueil と小鹿 chevreuil）二つの言葉を混同したのだ。まだ自分の子どもたちを庭に埋葬はしていない。

それから、パパと私はミサに行った。彼は震え声で歌う合唱隊の真ん前に陣取る。それで私も彼の後を追った。讃美歌の真っ最中に、耳にうまくはまっていない彼の補聴器から、電子音がピーピーと鳴る。主任神父様は、私たち、パパと私をじっとみつめながら、前列に居る人たち、天国では最後になるであろう人々に向かって説教を唱えた(4)。

昼食のとき、ケチンボ爺は不安そうな様子で、新たに説明を変えて、また包丁の話を持ちだした。今度は医者ではなくて、息子が一人いる上の階の男だそうで、彼がパパに大きな包丁を持ってこいと要求しているのだという。

はじめはわしは嫌だった、男がわしを刺そうとしてるんだと思ったんだ。私の返事。「それは正しい判断だったと思うわ。決して人殺しに凶器を渡してはいけないわ」。彼は笑った。うんそうだな、でも、あそこの、息子が一人いる男が、またわしに包丁を持ってこいと言うから、わしは探しに行ったんだ…。

――常に誰か、パパとパパの新たな刃物への執着を見張る者がいたらいいかもしれないね？　とバンジャマンが書く。彼の工房の中には、大量の数のドライバーや、糸鋸や、剪定用のハサミがあるからね。

ところで、息子が一人いる男っていうのは、もしかして、僕のことじゃないの？

（4）新約聖書の中のルカによる福音書「平地の教え」にある「幸いの反対」の暗示。

――そりゃ傑作だね、とプリミュスが書く。僕もそれは自分のことじゃないかと思ったよ。息子がひとりいる男っていうのは僕だよ、パパは最近イゴールに会っているからね。
　今、荷造りを終えたところだ。二人の子どもと大きなスーツケースをいっぱい持って、明日またクアラルンプールに行くよ。アムステルダム経由で、ここからだとおよそ二二時間ぐらいかかる。今回は、ドーハ空港でカタール国の王子の特別ラウンジの優待には浴せそうにないよ。
　ヨーロッパよ、さらば。

――私にも息子がひとりいるわ、とカンテットが書く。でも、私は所詮女ですからね、一番先に喉を掻き切られるのは私じゃないでしょう。カルテットと私は、（喉を掻き切られる）権利をあなたたち男と争ったりはしないわよ、でも、もしかしたら、シュトックホルム症候群(5)に陥ったトリオレットが進んで犠牲になるかもしれないわね。

――私の大きな馬二頭、テチュとコストーを四輪馬車につないで、村の人たちみんなに村を一巡りさせてあげたの、とカルテットが書く。

その最中、囲いから逃げ出していた子豚たちが道を横切ろうとしたの。馬たちは恐がって、後脚を跳ね上げる始末。みんなで馬車から降りて、ピーピー泣き叫ぶ豚たちを追い立てたの。そんな訳で私の村の散歩は、まるで田舎の闘牛に出て来る『エンシエロ（牛追い）』みたいになっちゃったわ。幸い、うまく馬たちを落ち着かせることができたわ。

―――

息子を一人持つ老父の息子は、父を見捨ててしまいたい、父と息子の世界から彼を抹殺したいと願う。その裁きのための武器を息子に渡さなければならないのは他ならぬ、彼、老いたる父なのだ。だが、息子たちがまさに殺害しようとしている老王は、そのときサトゥルヌス(6)に変身し、残忍で不吉な祭礼の判官たる巨人と化し、息子たちと息子たちの、そのまた息子たちの殺戮のさなかに、手には血まみれの鎌を持って立ちはだかる。

（5）ストックホルム症候群のストックホルム（Stockholm）をここではシュティ（Ch'tis）と呼ばれる北フランス、ピカール地方のお国訛をもじってわざと「ス」を「シュ」にして「シュトックホルム」と発音している。ピカール地方は老アブー一族が住んでいた地方。

この時代遅れで、不安に満ちた世界でピーピーと泣き叫ぶ五匹の子豚。夜になると、身体を温めるために冗談を言いながら互いに身を寄せ合う迷える五匹の親指太郎たち。そして、彼らが道しるべのように後ろに後ろにと送り合うメールはまるで私が拾っては寄せ集める小石のようだ。

パリで、夜にまどろむ私は穏やかな夢を見る。それは事の始末をつけなければならない長く続いた家のこと。私たちは幾人かずつに分かれて、家族の大掛かりな旅立ちの準備をしている。私はママと一緒だ、そして家を閉じる準備を注意深く見守り、何度も建物の周囲を見回り、屋根の庇を点検している。他の人たちを待って、みんなのために水筒に水を満たす。私は私の考えに沿ってさまざまなことを取り仕切る。これは皆が了承してくれると思う。なぜなら、私が率先して小石を私の靴に入れたのだから。

私は私の靴に良心の呵責を詰め込みながら、ママと一緒に古くからの家を閉じる。

メルヴィルの浜辺、海が割れる。小石たちは切り取られた肉体。つまり、足、脊髄、胸郭、顎だ。堅くボロボロになった家事用のゴムの手袋の片方がキノコ状の菌に覆われ、フジツボが張りついている。私は一つ、小穴のあいた丸い小石を拾う。粗くざらざらとした手触り、色は褐色がかっている。穿かれ、でこぼこと穴のあいた小石をくるくる回してみると、どこから見ても、それは虚ろな顔に見える。この額は首にも見える。この鼻は耳、この目蓋は唇のない口の犬歯、この垂れた左の頬は反対側から見ると右の頬にも見え、一つの目と分け合っている。怯えた五つ子のシャム猫の頭蓋骨さながらに。

風にもてあそばれ、舞い上がった砂が幾重にも連なる立体状の霧の層となって、私の頬を穿つ。波がまるで、小さな要塞のようにそそり立っては、やがて浜に崩れ落ちる。

（6）ギリシア神話に登場する農耕神。長い鎌を持ち、子どもを飲み込む老人として描かれる。ルーベンスやゴヤの絵画『我が子を食らうサトゥルヌス』が有名。

一〇〇歳

ナディーヌが死んだ。わしは会いに行った、死の床に横たわったナディーヌはとてもきれいだった…若い頃よりずっと。姉妹の中で一番美人だったのはわしの妻だ。ナディーヌは器量は悪かったが、死体になったら美しかった。

四〇日後にわしは一〇〇歳になる。

わしは自分の行く末を考えると、途方にくれる。

トラック運送業者がわしに支払いを要求しにやってきたが、わしは言ってやった。「ノ―　テンゴ　デイネロ」[1]「ノー　テンゴ　パラ　パガレ」[2]と。どうして奴らは年がら年中わしの家に来るんだ――わしは奴らに払う金などない。もうすぐ一週間後には、わしは一〇〇歳になるんだ――いくら来たって無駄だ。わしに薬を持って来るやつ――そう、となりの女だ――あいつは薬のことは知らんのだ――わしに毒を盛ることができると思っているんだ——今朝、朝食のときに別の女がいて、わしにコーヒーを入れてくれようとした——わしはいらんと言った——「アイ　ドント　ノウ　ユー」（わしはアンタのことは知らない）——あの女がまた来るようなら、わしはベッドから出ない——あいつが家から出て行くのを待つ——

息子と一緒に金を出しに銀行に行ったが、わしはもうカード番号を思い出せなかった。息子にはそのことは言わなかった。わしは頭がおかしくなっている…一〇〇歳過ぎたら、もうそんなに長くは生きられまい。

——

——妄想のような幻覚に襲われそうだよ、とプリミュスが妹弟たちにメールを書く。ナデ

（1）スペイン語で「金はない」の意。
（2）スペイン語で「払う金はない」の意。

ィーヌ叔母は死体になってからの方が美人だったなんて言っている。この調子で農村地域家庭介護協会のヘルパーさんたちのことも、死んだ方がきれいになるかもしれないと思って、彼女たちを冷凍にしたりなんかしなければいいけど。

――パパが保険会社の郵便物を開けたわ、とカルテットが書く。それで、トゥインゴ（車）の保険もその中に入っていることがパパに知れたの。すると冷ややかな口調で――わしが運転しない車の保険なんてもう払いたくないぞ。私はそれに答えて――そう、じゃぁ、週末にパパが行きたい所に連れて行ってあげるにはどうしたらいいの？　するとパパ、殺し合いになるのさ。

ジョジアンヌが言うには、彼はヘルパーさんたちとうまく馴染めないらしいの。日々新たに来る人が怖くて、彼女たちに会わないように部屋に閉じこもっているんですって。殺し合いって言えば、ケチンボ爺いは弾の入ったモーゼル銃を持ってるはずだわ。どこにあるか、誰か知ってる？

――モーゼル銃は甥っ子のティムのところにあるよ、とバンジャマンが書く。パパは国税庁の査察（なぜ査察が入るなんて言っているのかわからないけど）を恐れて、去年の冬、庭に埋めたんだ。それからティムたちがすっかり錆ついた銃を掘り出して、弾は抜き取ったよ。

――パパは私たち夫婦を歓待してくれたわ、とカンテットは書く。さっき思わせぶりな態度で最近のお札の隠し場所を教えてくれたの。西洋すごろく用テーブルの引き出しの中よ。もし彼が夜中に私をナイフで刺し殺しすようなことがあったとしても、これであなたたちにはちゃんと見つけられるってことね。

――遊戯室は、兜や（陸軍士官学校生徒の軍帽の）羽根飾りや将校の帽子やらで埋め尽くされているわ、とトリオレットは書く。ジョジアンヌの話によると、この間、パパは階段の二段の間に脚立を立てかけて、壁に掛かったサーベルを何本も外そうとしていたらしいの、たぶん、そのサーベルを抜いてヘルパーさんを迎え討つつもりだったんじゃないかって。私の夫が針金でサーベルはしっかり固定したわ。

今、パパは『最も美しい仏語詩百編集』(3)を前にしてブルーの長椅子に静かに座っています。でも本は開いていない。

——

——パパ、パパのために持って来ましたよ、はい！　最も美しいフランスの詩集よ！

生気のない目。反応はなし。彼は好物のメレンゲを食べに台所に行く。本を持って私は彼の後を追う。台所で立ったまま、私は大きな声で読む——

……「そのひとの眼差しは　彫刻の眼差しに似て、
そのひとの声は　遠くて穏やかで厳かで
消えてしまった懐かしい声の調べを思わせる」[4]

私は読み終えられなかった。

私の中で何かが弾ける！

——パパ、私ね、ママの声を思い出すと涙が出るの。パパはどう？

生気のない目。反応はなし。

彼はもうママの声も、ましてや詩を愛していたことも完全に忘れ去り、記憶も失っているのだから、どうしてその忘却や喪失を悲しむことがあろうか？　死者は死んでいることを悩んだりするかしら？

私はパパがもう数の数え方がわからなくなってしまうということが受け入れられない。もう一度数を覚えてほしい。パパの生まれた年を思い出してください。パパは一〇〇歳じゃなくて九三歳ですよ、それだってもう十分高齢だけど。彼はむきになって一度言い出したら聞かない。いや、わしは一〇〇歳だ。そして、カレンダーを見ながら言う。どうしてどの数字もみんな二で終わっているのかわからん（彼は西暦が二〇〇〇年を超えたことが理解で

（3）〔原注〕フランスの詩人ジャン・オリゼ（Jean Orizet, 1937-）編著、原題：Les Cent plus beaux poèmes de la langue française, Le Livre de poche 出版、二〇〇二年。

（4）〔原注〕ポール・ヴェルレーヌ（Paul Verlaine, 1844-1896）の詩「よく見る夢」（『サトゥルヌスの詩』収録）。

きず「一から始まっている」と言いたいのだ）。わしが一〇〇歳なのは間違いない。

すべてのカレンダーが、一〇〇と書かれているはずだと思っている。時間は一〇〇年で区切られるべきだと思っている。

人が庭に咲いている水仙を数える時。それは時間ではなく、ただ見ているだけだ。

彼はまだほかに、秘密の私物を入れた箱を持っていて、それを大きな長椅子の下に隠している。それを今度は本棚の上に移した。誰かがそこを通りがかると、険しい表情で見返しながら、二時間置きに箱を元の自分のデスクの上に戻し、そしてまたそれを隠す。

私はその秘密の品の中身をここに書き留めておく必要があると思う。

—ポニーテール用の緑色のゴム紐で巻かれた木製の葉巻入れの箱
—その木箱の中に、二〇ユーロ紙幣が四枚
—有効期限の切れたクレジットカードの入った茶色い皮の財布

―身分証明書、傷痍軍人証明書、自動車免許証、選挙の投票者カードの入った茶色いプラスチック製の書類ケース
―銀行の古い明細書の入った赤いプラスチックの書類ケース
―万年筆
―クレージーホースの古い入場券
―補聴器
―ハーモニカ一本

私は身分証明書と傷痍軍人証明書を安全な場所に保管した。一時間と経たないうちに、目に涙を溜めて彼がやって来た。わしの書類が盗まれた！…もう終わりだ…もうわしには何もない。

私は書類を彼の茶色のケースに戻した。こんな風に、隠し合いごっこをする。ブルーの長椅子の下、薪置き場の中、絨毯の下、辞書などの後ろ側、あの上、あの下、この中、これとこれの間、あそこの上の方、あそこの下の方、等々。

絶えず別のところに。

隠す—失くす—探す—見つける—隠す—失くす—探す—見つける—隠す—失くす。完全に失くす。不安定でバラバラになった糸巻きのゲーム。彼は絨毯のもつれた糸に足を取られる。

——ククク…と例の鳥が私に言う。今日はこの「ククク」の中に何かが細かく震えている。

——鳥さん、あなたは、私を元気づけてくれるのね。そうね、私がこの変調をきたした糸巻き（アブー）の跡をしっかりと追って行けるように、そして、そのふさわしい場所がどこだかあなたにも私にもわからないけれど、できる限りこの糸巻を導いて行けるようにこれらの印を書き留めておきましょう。

隠す—失くす—壊す。

芝刈り機を壊す。テレビを壊す、暖房器具、湿気でふくらんだ鎧戸、鍵のないドア、引き出しが七つあるママの小さな家具、秘密の書類ケースが挟まって開かないママの整理ダンス、ママが大きなベッドに裸で横たわる前に真珠のネックレスを置いていた光沢のある貝殻形の容器、それらを壊す。

家が荒廃する。

隠す──失くす──捨てる。

家族の写真を捨てる。お悔やみの手紙、本、出された肉料理の残り、野菜、薬、処方箋、それらを捨てる。

家が空になる。

一日中彼は目的もなく歩き回る。

糸巻きがほどける。

目が覚めているのか、眠っているのか？　その境界線がぼやける。昼なのか、夜なのか？　時間が徐々に消えていく。もう水道の蛇口のひねり方も、物の触り方もわからない。
毎日の新たな出来事がもうわからない。
そして、毎日が、新たな喪失の発見。
どうして誰もわしに妻が死んだことを言ってくれなかったのだ　黒のネクタイを締めなくては　誰も妻が死んだことをわしに知らせてくれなかった
じゃあ、みんな死んだんだ　みんな自殺したんだ
数字が暴走する。
もう一週間もしたら　わしは三〇〇歳だ
遊戯室の片隅の、おもちゃの人形の家とババールの絵本シリーズの叢書の間に、第二次

世界大戦時の砲弾が一つ置き去りにされていた。たぶん、雷管は外されて。

――

パリで、私のアパートの向かいにある建物の解体工事現場を窓から観察する。巨大なパワーシャベルのアームがきわめて正確に回転し、瓦礫を壊しては選り分ける。左側にくず鉄、右側に木の梁。それは同時に巨大なコンクリートの塊も壊し、キャタピラーを前後に動かしながら、あらゆる壁の骨組みを突き破る。機械の上で散水ホースのノズルを持った男が、埃を除去するために工事現場に水を撒く。アームが、まるで毛抜きのように慎重に回転し、梁や壁紙の切れ端を寄せ集め、そして別々の二隅に捨てる。ダンプカーの荷台に立った二人の作業員が梁をまるでマッチ箱の中に並べるように置き、壁紙は捨てる。世の中はまっとうに動いている。向かいの家の解体作業は、きっちりと組織され、秩序立って行われ、見ている者を元気づける。

――

メールの受信欄では、雀たちがさえずり、つまらないことで言い争う。

——敬愛する弟、妹たちよ、とプリミュスが書く。実は君たちに折り入ってお願いしたいことがある。僕は今、僕のかつてのグループ「エスペルリュエット」が、七月一五日にラ・ロシェルで開催する我らが望郷のコンサートのためのリハーサルの真っ最中なんだ。クアラルンプールからスカイプを使ってやっているのだけれど、それが上手くいかない。音が完全にずれるんだ。それで、この伝説的コンサートを首尾よく成功させるために、僕はフランスに着き次第、彼らとリハーサルをしたいのだ。ということは、つまり、僕のペリクール滞在は一週間短くなるだろうということなのだ。コンサートは僕にとって、最優先事項なのだ。僕にとってパパの第二機甲師団(5)に匹敵するような「エスペルリュエット」のコンサートをまだ一度も見たことのない僕の子どもたちの前でコンサートが失敗に終わるってことがとても心配なのだ。もし承諾してくれたら、それ以後はもう横暴な男のような卑劣な振る舞いはしないと約束するよ。聖人のようになる、何なら四つん這いになって舌で皿洗いをしたっていい。僕は恐る恐る震えながら君たちの返事を待ちます。

——わかった、とバンジャマンが書く。僕が七月七日から当番を引き受けてもいいよ、その代わり二日早く、七月二九日の二三時五九分には任務から解放されることを条件にね。四つん這いで舌を使って皿洗いしてくれるっていうのは大いに結構だね。同じくバスルームも掃除しろと言わないのは、僕の温情だと思ってくれ。今朝ペリクールに着いたら、パパは洗面所で靴用のブラシを使って自分のシーツをこすっていたよ。

僕はパパが哀れになった。子羊みたいにおとなしく、攻撃性はまったくない。足を引きずり、捲れた絨毯の端々でつまずきながら、ずっと四次元の世界に居るのだ。

——君の神対応には感謝する、とプリミュスが書く。が、残念ながら、二七日から三一日まで子どもたちとヴェネチアに旅行することになっているんだ。

その代わり、僕の担当ではないが、僕が特別にクリスマスに行って　そして、パパをフ

（5）第二次世界大戦中の一九四四年八月にルクレール将軍に率いられてノルマンディー上陸作戦に参加し、同じ月にパリ入城を果たし、さらに一一月にはストラスブール解放に成功した自由フランス軍第二機甲師団のこと。

ォリ・ベルジェールに連れて行くってのはどうだい？　例のクレージーホースより庶民的だしね。ショーはジプシー・キングス[6]の数々のヒット曲でスペイン風だ。もちろん、踊り子たちはちゃんとパンティーをはいているよ。

――プリミュスったら、とカンテットが書く。自分に都合のいい週末にするために取引をしようとしているのよ、怪しげな誘導作戦、舌先三寸の袖の下よ。反対できない逃げ道として最後の最後まで取っておいた手だと思うわ。パパは去年の夏より弱っているの、知っている？

――カルテットは書く。私ね、獣医がミラベルにお産をさせるのを夜中に手伝ったの。彼女を優しく抱きかかえるという神聖な仕事。生まれた子馬はボーッとしていて、やせっぽち。子馬の目を覚まそうとして、私たちは、子馬にオレ・オレ（ガンバレ、ガンバレの意）という名前をつけたの。

　また居間兼応接間兼台所に、孵卵器も設置したの。ちっちゃな雛がたくさん生まれてすごく可愛い、でも周囲の連中はちょっと驚いていたわ。

――みんなそれぞれに自分の子馬や雛を持っているんだね、とプリミュスが書く。もし僕に子どもがいなかったら、僕は、僕の愛しいパパ、この上なくキュートなパパと人生の終わりまで一緒に過ごしただろう。なぜならパパは永遠の存在だからだ。

僕はここ、マレーシアの赤道地帯特有の気候の中での生活にはうんざりしている。年がら年中汗をかいている。スヴェツラナは仕事と、太極拳、ピラティス、そしていわゆる彼女の「お友達たち」に会うのに忙しい。僕も月に一度は僕のいわゆる「友達たち」に会いにバリ島に行くけど、それでは満たされない。僕は自分の気持ちを必要以上に哀れんだりしないで、何より、まず第一に子どもたちのことを考えることだ。何も若い娘と四回目の結婚なんかすることはなかったんだ。僕がしっかりしている限り子どもたちは大丈夫だ。僕がまいってしまうことで彼らに悪影響を与えることだけは避けたい。上の子どもたちにした失敗だけで十分だ。

（6）Gypsy Kings：フランスのバンド。フラメンコにルンバ、ロック、クロスオーバーも取り入れたワールドミュージック系のグループ。

この夏は、子どもたちがベラルーシの祖父母のところに居る間、僕はペリクールでパパと二人っきりになれるなんて嬉しいよ。牛たちを眺めるのが楽しみだ。

僕のミューズを数日間来させようと思っているんだ、長女の友達だっていうことにして。パパは美女の出現を喜ぶと思うよ…。僕のペリクール滞在は実に楽しいものになると思う、でも、まず、君たち妹弟の意見を聞いておかないとね。

——道徳的な批判はしないわ、とトリオレットが書く。決められた約束をちゃんと果たしてくれて、そして、みんながそれで満足ならね。

リールのカールトンホテルでパパと一晩過ごしたらどう？　なんでもあの地方ではあそこはＶＩＰ（特別待遇の人）の行く売春宿って言われているらしいわよ。

——

メルヴィルの海岸で、満ち潮のとき、私は貝殻で飾られた砂の塔と、遠ざかって行くフェリーを観察する。どちらが先に視界から消えるのだろう？　砂の塔は常に崩れ落ちるが、船はまたイギリスから戻って来るだろう。が、砂と貝殻は、また他の塔が作られるのに役立つが、船は？　使い古した船は？
　そんなことはどうでもいい。どちらが先に私の視界から消え去るのか今朝はどうしても知りたい、私はそのことに胸が苦しくなるほどの我が好奇心のすべてを注ぐ。両方が消え去るまで私はここから動かない。

海が塔に近づく
そしてまた遠ざかる
次の波を準備して。

静かに煌めくフェリー。

束の間が長い。そして突然とても短くなる。
海が砂の塔を激しく揺さぶる。

凪

フェリーはカイトサーフィンの描く括弧のような半円から離れていく。

凪

巻いては砕ける波が私の貝殻の塔を削る。

凪

船が海と空の間に包囲される。

さらに長い巻き波がキノコ状の塔を削る。

船が遠くで霧に包まれる。

さらに長い巻き波が私の塔の頂きを崩す。
一本の柱となる。

海を押しやりたい
終焉を早めるために。

もう船は見えない。見えなくなっているのに私は気づかなかった。
凪。塔を崩すのは必ずしも大きな巻き波ではない。

横波が
ひとかけらの砂を残す
その上を鷗たちが踏み固める
そして、もう何もない。

古い弾丸

銀行に行く――あのもうひとりの女はわしを連れて行きたくないんだな――雪か――じゃあタクシーで行く――いやどうしても――わしの金を取り出すんだ――女が出ていった――いや、あの女ではない

――アブーさん、アブーさん、よろしい戸をそんな風に閉めたまま部屋の中に居てはいけません、今は夜ではありません。

ほっといてくれ。

――アブーさん、立ってください、雪の上にいる雉たちを見に行きましょう。そうしていると今晩寝られませんよ…。ゆっくり歩いて！　アブーさん、足を踏み鳴らしてはいけません！　アブーさん！

――

メールの受信欄に、メールがまるで雹のように降り注ぐ、かと思えば雪片が宙を舞うよ

うにふんわりと交わされる。

――ペリクールにとんぼ返りで行って、今帰って来たところだ、とバンジャマンが書く。つまり仲直りの儀式のためさ。彼の被害者、農村地域家庭介護協会のヘルパーさんを前にして動揺したケチンボ爺いは、ほとんど何も言わなかった、だから僕が急いでスーパーマーケット「カルフール」で買ってきた花束を差し出したんだ。ヘルパーさんは、とてもいい人で、彼の暴言を許してくれた。が一方、彼女の夫はパパのことを、まるで妻を切り刻んでその言い訳をしに来たアンリ・ランドリュー[1]だとでも言わんばかりに、憎しみに満ちた目つきでケチンボ爺いを見据えていた。（ところで、実際のランドリューが僕の通りに住んでいたことを君たちは知っていたかな？）

（1）アンリ・デジレ・ランドリュー（Henri Désire Landru, 1869-1922）：フランスの連続殺人犯（女性一〇人、男性一人殺害）。チャップリンの映画『殺人狂時代』はランドリューにヒントを得たと言われている。

帰ろうとすると、僕を自分の兄だと取り違えたパパが僕に、こう打ち明けたんだ──わしの息子がピストルを連発しながらわしを追いかけてきたんだ。

雪でスリップしながらシャンティイに戻った。

──僕がパパに会いに行くのは、あと三三九〇時間後になる、とプリミュスが書く。パパは急に凶暴になったかと思うと、大抵は一時穏やかになる。またひと騒動が起こりそうならあらかじめ僕に知らせてくれ。

──ここは牛の角もへし折りそうな猛吹雪、とカルテットが書く。爺さんは『ラ・トラヴィアータ』(2)を聴きながら、とても穏やか。

──タケオが四〇度の熱を出した、とバンジャマンが書く。ユキコとタケオが二月二五日に日本に行くのは無理だ。幸い、キャンセル用の保険が使えて、彼らは三月五日に発つことになった。

ホッとした。

僕は僕の人生に不安を抱いている。というのも新聞社の労働時間はひどいし、ペリクールにも駆け足で行って帰って来なくてはならない。そっちの方の負担を少し減らそうと思う。

——私たちが気が狂わないようにするためには適度な献身的介護のやり方を見つけなくてはならないわ、とカンテットが書く。老人介護施設を調べてみるわ。待機待ちのリストに載せてもらえるかもしれないから。

——僕はね、子どもたちを、ひどく血なまぐさいヒンズー教のお祭り『タイプッサン』に連れて行ったよ、とプリミュスが書く。大勢のインド人たちが巨大な洞窟（そこまで行くの

（2）ジュゼッペ・ヴェルディ（Giuseppe Verdi, 1813-1901）の歌劇。アレキサンドル・デュマ・フィスの小説『椿姫』が原作。

に階段を八〇〇段登る）の中を巡礼するんだ。彼らは先のとんがった大きな木の棒で頬のあちこちを突き刺し、大きな鋲で舌を貫き、彼らの背中に刺した仕掛け用の釣針に引っかけられた細綱で、花で飾られた荷車を引く。耳をつんざくようなけたたましい儀式の太鼓の音に合わせて、彼らはよだれを垂らしながら神霊の神憑りにかかったような状態でゆらゆら揺れ動く。女たちは最高潮の恍惚の叫び声をあげ、やがて失神する。この祭りに比べるとセビリアの悔恨者たちが鞭打たれ、足の指に鎖をつながれる儀式などは、子どもの遊びのようなロンド（輪舞）だ。パパが見たら喜んだだろうな。

――二月二五日の私のペリクールの滞在が今から心配だわ、とトリオレットが書く。ひどい天気になるらしい。それに、二月一一日以降、パパはずっととても興奮した状態なの、たとえその日がもう自分の誕生日だってことがわからなくなっているとしてもね。

――僕はパパを老人ホームに入れることに両手を挙げて賛成する、とバンジャマンは書く。この間ママの写真を探していたとき、愕然としたよ。僕の手元にはママの写真は一枚しかないのに、驚いたことに爺いの写真は九枚近くも持っているってことに気がついたんだ。彼はみんなの注目の的だったんだね。カメラのレンズさえも自然と引き寄せられように彼の方を向いてしまうんだね。

彼がすぐに殺し合い、殺し合いって言っているのが不安だ。彼は地球の半分を自分もろとも抹殺したいと思っているのかもしれない。**モリレ　マタンド**（殺して死ぬぞ）[3]なんて言っている。

――ルーブル美術館の売店でピースの大きいサイズのパズルを見つけたわ、とトリオレットが書く。パパの誕生日プレゼントにドラクロワの『サルダナパールの死』[4]のジグゾーパズルを贈ることにするわ。

（3）「morirè matando」スペインの劇作家ロペ・デ・ベガ（Lope de Vega, 1562-1635）の戯曲の中にでてくるセリフ。

（4）フランスの画家ドラクロワ（Eugène Delacroix, 1798-1863）が描いた絵で、パリの「ルーブル美術館」所蔵。アッシリアの王サルダナパールの最期を描いた歴史画。

――グージョン医師に薦められた施設の所長に電話してみたの、とカンテットが書く。私がパパが突然暴力をふるうことについて話し始めると、彼女、思わず耳をそばだてて聞いていたわ。

――僕は今、仕事の最後の追い込みで、大車輪で働いているんだ、とプリミュスが書く。カタールの王女から依頼された曲を王に聴いてもらっているところなのだ。それで何回も書き直さなければならなかった。徹夜に次ぐ徹夜だ。

――タケオがオムツの卒業を拒むんだ、とバンジャマンが書く。姉さんたちのアドバイスは何でも大歓迎だ。おまるに行けって言うと、首を横に振って言うんだ「ぼくはまだグロベベだ」って。それで、ユキコがその言葉がどういう意味だか解っているのか尋ねると、日本語で「ôkii akachan」(大きい赤ちゃん)って答えるんだ。グロベベは日本語で大きい赤ちゃんという意味なんだ。どうしたらいい?

――気にしないことね、とカンテットが書く。「ôkii、akachan なの? いいじゃない、そのとおりね、ハイ　ソウネ　ソウ　ソウネ」ってね。そのうちにちゃんと自分でできるようになるわよ。

――

――アブーさん、鋏は必要ないんですよ、夜です、見てごらんなさい、もう真っ暗でしょう、鋏を置いてください、今は寝る時間ですよ…明日、探しましょう、もっと明るいときに探しましょう…いいえ、誰もいませんよ、あれは風の音ですよ、何なら一緒に家の周りを回ってみましょう…何ですって？　家の中に雨が降っているんですって！　アブーさん、蝶番を外してよろい戸を外にだしたのはあなたでしょう？　そんなことしたら駄目ですよ、ね、そうでしょう！　怪我をするところでしたよ！　よろい戸が倒れて、壊れてしまいます、元に戻すのを手伝ってください…いいですか、さあ、レインコートを着て、ハンチング帽子を被って待っててくださいね…。ほーら、体を動かした後は、メレンゲ菓子を一口どうぞ…私はアンヌといいます、火曜と木曜に来ています、私のこと覚えていますよね？　あら、あら、ランプのコードを切ってしまったんですね！

――アブーさん、このマッチ、どこで見つけたんですか？

——アブーさん、このプラスチックの壜に火を入れたりしないでください！

——アブーさん、その梯子とのこぎりはそのままにしておいてください、どうして林檎の木の枝を切ろうとするのですか？

——アブーさん、沸騰したお湯の入った鍋はそのままにしておいてください、それはパスタを茹でるお湯です！

——ほんのちょっと、お漏らしをしただけですよ、大丈夫、私がきれいにしてあげます。私にお任せください、もうすぐお嬢さんがいらっしゃいますよ、トリオレットさんがいらっしゃいますよ。


——

ああ、お前が来てくれてうれしいよ、ううう、ひどいことになってる、奴らはわしの姉さんを殺した——家中血だらけだ——見てくれ、姉さんが包丁で切られてる——喉をかき切られている——そこら中血だらけだ——あそこにいるぞ、奴ら、またやって来るぞ——要するにだ、わしには、夜奴らの気配がわかるのだ——うう、奴らがわしを捕まえに来る——大男たちだ——何だ、これは？　いや、これは血だ——奴らはわしに服を着させまいとしてい

た　何だって？　もうシャワーは浴びた　いやだ、わしは行かない──あ、今わかったぞ──お前は奴らとグルだな──お前たちのボスは誰なんだ──誰が命令しているんだ──さあ、すぐにもわしを殺してくれ──誰がわしの家に来ていいと言ったんだ　出て行ってくれ──ここはわしの家だ──「leave me alone」（ほっておいてくれ）──あいつを、わしはあいつを殺してやる──

──

やっと厄介払いができたぞ──奴らが戻って来るやもしれん──あ、おや？、砲弾を見つけたぞ──そっと取り出すんだ──誰もわしを見ていないときにな

それから、──虐殺だ

──パパ、こんな雨の中で何をしてるんですか？　そこでパパが持っているのは何ですか？　砲弾だわ！　グージョン先生がいらっしゃいましたよ、薬をくださるのよ…パパの傷を治す薬を…ほら、その傷跡が残らないように…先生はパパの傷の手当をしにいらっし

ゃるのよ…それはそこに置いておいて、後でどうするか考えましょう。そっと隅っこに置いてちょうだい、とても重いから私と一緒に持ちましょう、先生が待っていらっしゃいますよ…まさか、グージョン先生をそれで吹き飛ばしたいなんて思っているんじゃないでしょうね！

——

これが最後になるということを私は知っているが、彼は知らない。彼にはそれがもう妻の墓だとわからないまま、妻の墓参りに墓地まで歩いて行った。そう、これが最後。三年前、愛しい娘スゴンドの墓参りのためにこの同じ道を歩いた彼の妻。それが彼女にとって最後の墓参りだということを知らなかった老アブーの妻。でも私はそのこともわかっていた。

彼が村の道を辿って行くのもこれが最後、彼が苔むしたキリストの十字架の前を庭の方に通り過ぎて行くのも、古い納屋とクマシデの垣根に沿って足を引きずりながら歩いて行くのも、その垣根に肘を軽くこすりながら通るのもこれが最後。これが最後になるとは知る由もなく、彼は水たまりに足を踏み入れる。

もうすぐ、私たちは薄明りの中、今でも変わらずそこにある低いテーブルの前、灰色の長椅子に座って、おそらくこれが最後になるであろう会話を交わす。彼は、従姉妹や、妹はどこにいるのかと尋ねる、自分の子どもたちの名前は何という名だったかと尋ねる、時々何度も立ち上がろうとするがふらついてしまう、頭をこっくりこっくりさせる。私は彼を優しく支えながら、こう答える。「パパの従妹の名前はナデット、パパの妹の名前はモニク、彼女たちはもうこの世にはいないのよ、座っててね」と。看護師たちがドアのところで担架を持って待つ。医師は台所で待機する。入院のための書類の記入が終わる、注射器が捨てられ、医師の診療カバンが閉じられる。鎮静剤が効いてくるのを待つ。彼はまた立ち上がろうとする。が、目を半分閉じ、舌はもつれ、もごもごといくつかの言葉を口ごもる。彼は灰色のクッションの上に白くなった頭を載せる。私が看護師たちに合図を送る、医師が近づく、黒い担架がゆっくりと運ばれて来る。私は彼の腕を取り、医師がもう一方の腕を取る、そして、私たちはゆっくりゆっくりと担架の方に無言で進む。背は曲がり、足を引きずりながら進む老父を支えながら、ゆっくりと黒い担架、白い看護師の方に進む。彼を担架に乗せる、看護師たちが彼を救急車の中に移す。白いワゴンの扉が閉まる。甥のティムと彼の妻セリアが道に立って黙って静かに車が通り過ぎるのを見送る。すべてが灰色と化し、ひっそりと静まり、やがて和らぎが訪れ、ゆっくりとした時間が戻る。

――

心の内で私はトゥインゴに乗って救急車の後を追う。S字状のカーブを回る、遠くから我が家を見つめる。すると、灰色の空に濃く立ち込めた黒い煙が見える。激しい爆発音が聞こえる。家の窓が粉々に飛び散るのが見える。壁に穴が空くのが見える。そこから長椅子、西洋すごろく用のテーブル、壁に掛かった家系図、ルイ一五世様式の肘掛け椅子、ルイ一六世様式の大型の安楽椅子、果樹材製の洗面台、レベックというサインのある銅製の飾り枠付き置時計、引き出しが七ついた壊れた小型家具、白樺の木の書棚、ルイ一六世様式の食器用ワゴン、稲妻模様の溝が彫られた壊れた整理ダンス、ばらばらになったベニス製のシャンデリア、サーベルやフェンシングのコントルーポワント（サーベルの切りと突きのコンビネーション攻撃）の修了証書、戦場の絵や血走った目で逃げ惑う馬たちが描かれた絵画、それらの物が一〇〇ユーロ紙幣が紙吹雪のように舞い散る中、窓から溢れ出るさまが見える。痛恨の灰の雨が黒みがかった牧草地の奥で、身を寄せ合っていた牛たちにたたきつけられ、彼らは打ち震え、鳴き叫ぶ。

古い林檎の木は、今も変わらずそこにある、傷痍軍人のように。古い納屋は未だ崩れ落ちない。

地震地帯（東日本大震災）

老アブーはもう精神科病棟には居られなくなるだろう。私たちは老人介護施設を探す。ここは素敵なテラスがあるわ、ここには素晴らしい庭園が。こちらはやさしい体操と記憶力を鍛えてくれるスタッフがいる、あちらは誕生日を祝ってくれるそう、あちらは所長さんが思いやりがありそうな感じ、でも、ここは私の家から遠くない。そう、でも、あちらには一五人の入居者に対して看護人が三人もいる。

どこを選ぼうか、心が浮き立つ。試験の合格を祈るときのような、夏休みの別荘を借りるときのような、あるいは白樺の木で作られたパパの本棚のように素朴ではあるが品のある棺を選ぶときのような。

そして、ついに「彼が人生の秋を尊厳を持って生きられるための」介護施設、モルフレ苑に行き着いた。木々の茂った庭、バルコニー付きの部屋、本棚とグランドピアノの置かれたサロン、ピカピカのタイル張りの床が眩しい広々とした食堂。私たちはまるで手のかかる子どもを保育園に入れる若い親のようだ。つまり、こんな風に。「この子（父）はいつも愛想がいいわけではありません、乱暴な振る舞いをしたり、ドアを壊すようなこともあります。入所させてもらえるでしょうか？」

メールの受信欄に、バンジャマンからのメールが次々と押し寄せる波のように届いている。

――

二〇一一年三月一二日

あの地震の後、繰り返し襲ってくる余震の中、ユキコとタケオはさぞ恐ろしい夜を過ごしていることだろう。

幸いなことに義理の両親のところは全員無事だ。唯一の損害はエレベーターが故障したことだけだ。水道と電気はすぐに復旧した。ユキコによると、一番大きな揺れがきたときが、ただならぬ恐怖の瞬間だったと言う。東京は震源地から三〇〇キロメートルも離れているというのに。

東京にいる僕の元同僚の女性の両親が仙台の海岸沿いに住んでいる。彼女の両親は君たちもテレビで見た、あの泥で泡立った恐ろしい津波に真正面から襲われたはずだ。さっき彼女に電話してみたが、彼女の両親の消息はわからないままだった。

――

モルフレ苑では、二階にある「認知症やアルツハイマー病の人たち専用のスペース」が広いテラスまで続いていて、そこで近々園芸教室が開かれます、とエマニュエルさんがわれわれに告げる。彼女はムダ毛を完璧に処理した若い女の人で、最後の「e」を強く発音する、そして、彼女の役職は「品質管理技術者」だという。

最初の数時間は安心だ。コーディネーター役の医師がそこにいて、主治医は明日来るという。テラスに面した一番大きな部屋の一つのドアにMonsieur About（ムッシュー アブー）と書かれていて、そのアブーさんがご機嫌でいるかどうか皆さんが見守ってくださるように思えた。そこに彼の愛用の青い長椅子を運び込むスペースはないけれど、これから彼のために観葉植物を買って、それを窓に沿って並べてあげよう。

―――

二〇一一年三月一三日

僕はその後の日本の状況がどうなってしまうのか恐怖に慄いている。これから火曜までの間に、東京でマグニチュード七の、あるいはそれ以上の地震が起こる危険性が七〇パーセント、あるいはそれ以上で、そのあと数時間後には原子力発電所の大爆発と東京の放射能汚染が起こる可能性もあるかもしれない。大使館はフランス人たちにできるだけ早く東京を離れるように呼びかけている。

僕はユキコに、たとえ値段が高くても航空券を買い直して明日の最初の便に乗ってくれと懇願したが、彼女はそんなことをして家族を見捨てるつもりはない。

―――

モルフレ苑で、まず衝撃を受けるのは臭いだ。その臭いは大気の中にかなり拡散され、染み込んでいて、ある生活環境を形成している。

肩に落とした頭、後ろに傾いた頭、やせ細った腕、とろんとした目つき、頭の傷、足にはできもの、生きとし生ける者の荒廃。

フレイル（衰弱）、何を言っているのかわからない物言い。繰り返し繰り返し流れるコレット・ルナール[1]の歌。テレビはニュースの画面が消音にしてつけられている。

肘掛け椅子でうとうとする人、廊下に沿って歩く人、部屋に入っていく人、外出用のドアを開けようとする人、開錠コード番号を押す人、諦めて戻ってきては、それをまたはじめから繰り返す人。

そんな中、私は少しばかりの慰めを求めて、施設の人たちを探す。が、彼らは険しい表情で横目でこちらをちらりとみるばかり。

二〇一一年三月一五日

僕の元同僚は津波に襲われた仙台の実家に辿り着いた。泥の中や、腐った魚の臭いが充満する中、彼女は畳、テレビ、冷蔵庫、書籍類、写真、電気スタンド、等々すべてを投げ捨てる。

彼女の妹が行方不明になった。彼女は車の残骸や横倒しになった船が累々と重なる通りを歩いて妹を探す。日々、残るほんのわずかな希望を少しずつ失いながら、彼女は番号がつけられた身元不明の遺体の入ったプラスチック製の袋が山のように積まれた地域の遺体安置所を片っ端から訪ねて探す。

僕にはこれ以上のことを語る勇気はない。

――

モルフレ苑では、少しずつ人々の見分けがつくようになる。

（1）Colette Renard（1924-2010）：往年の歌手。

――小鳥のような眼をして、首を前に差し出し、スカートを持ち上げながらちょこまかと歩く婦人。

――自分の子どもたちをあちこち探しまわっている婦人。

――生きているのが恥ずかしくて、隅っこにしか居たがらず、背中しか見せない人。

――髪の毛を四角くカットして、エレベーターの前にいて、いつでもあなたがたと一緒に出かける用意のできている婦人。

――じっと食い入るように、まるでフクロウのような真ん丸な目をして、あなたがたを見つめ、目をそらせない人。


――

二〇一一年三月一七日
ユキコとタケオがやっと帰って来た。成田空港まで辿り着くのに、二人は二回電車を乗り換え、さらにタクシーを拾わなければならなかった。飛行機は予約で一〇〇パーセント埋まっていたけれど、出発時間に間に合わなかった人たちが大勢いて、七〇パーセントが空席だった。

飛行機が着陸したとき、安堵で胸が締めつけられる思いだった、どの家族も涙、涙の再会だった。

ユキコはこれから先は災害の起きた地球の反対側で過ごすことになる。僕が金曜日からいる側だ。彼女は東京に残っている家族のことをすごく心配し、あの惨禍の中に彼らを置いて来たことで自分を責めていた。そのことは再会できた喜びをも曇らせるものだった。

彼女は自分の母国が半ば崩壊し、大勢の人々が放射能汚染の恐怖に脅かされているというときに、無事に帰ってこられたことを背中を叩きながら口々に祝ってくれる人たちに会うという試練、笑いながら「間一髪だったね」と言われるという試練に耐えなくてはならない。電車で成田空港から五キロメートルのところに着くと、数少ない空車のタクシーをめがけてみんなが殺到し、飛行機の搭乗時間に間に合わせようと運転手を買収する輩までいたと彼女は僕に語った。たった一週間前の日本ではまったく考えられないことだった。

タケオはと言えば、彼は地震のことを詳細に身振りを手振りで話してくれた。彼にとって一番重大な出来事はエレベーターが停止したことだった。

モルフレ苑では、さらにそこに居る人々が識別できるようになる。

――

運命を甘受した女性とその夫

彼女はおとなしく椅子に座っている、口元に笑みを浮かべて。そこに狙いを定めて、夫はスプーンを近づける、冷ややかに怒りに満ちた口調で「食べなさい、ヴィヴィ！　ほら、食べなさいったら！」。彼女は少し口を開け、ほんの一口を口に入れ、それからもう口を開けるのを忘れ、再び微笑む。食べなさい！　さあ、食べるんだ！　夫は怒りで顔が青ざめ、憔悴している。彼女は虚空を見つめて微笑む。ほら、まだ終わってないよ！　彼の頸動脈は膨れ上がり、スプーンを固く握りしめた指は引きつって、最後の気力を振り絞る。だから食べなさいったら、ヴィヴィ！　冷めちゃうよ！　もう僕のこと愛してないのかい？　彼女は口いっぱいにほおばり、喉に詰まらせる。彼はスプーンを置いて、彼女の背中をたたく。また喉につまらせて！　ゆっくり飲み込むようにしなくちゃ、まったくもう！　できるくせに！　ほら、もう一口！　僕のこともう愛してないんだね、ヴィヴィアンヌ！　よくわかったよ、きみはもう僕のこと愛していないんだ！　彼女は微笑む、また微笑む、そしてまた微笑んで口を少し開ける。そう、そうするんだ、食べて、そして生きるんだ。

夫の方はまだボケてはいない。

精神分析医

毎日一六時から一六時半まで二人はテラスにお互い向かい合って座る。膝と膝を突き合わして。彼は背が高く、豊かな白髪、思慮深い顔。彼女のほうは痩せていてエレガント、ブローされたグレーの髪。彼は彼女を見つめ、彼女の両手を握る。

彼らは今、二人っきりの世界の中に居る。

八歳のとき、私は三回強姦されました。三回も。男は道で私を押し倒して、地面に私の顔を押しつけました。私の服を剥ぎ取り、私に激しい苦痛を与えました。私は地面に口を押しつけられながらつぶやきました。――うそ、こんなこと有り得ない、有り得ない、と。八歳のとき、こんな風に三回暴行されました。このことは誰にも何も話していません、これはなかったことだとして、その事実を認めませんでした。三回押し潰され、引き裂かれ、顔を地面に強く押しつけられたのです。

彼女は硬い眼差しをまっすぐ彼に向ける。

今日も心神耗弱した妻がひとり、ガラス戸の向こう側、共用のリビングルームで待っている。毎日一六時から一六時半の間。

――

二〇一一年三月一八日

タケオを幼稚園に連れて行った。みんなは最初のうちは冷静さを保っていた。そのうち、幼稚園に子どもを入れているもう一人の日本人の母親、マチさんが来た。彼女はきちんと礼儀正しくお辞儀をした後に、泣き崩れ、人目をはばからずユキコを抱きしめた。日本ではまったく想像もできないことだった。マチさんとユキコが手を取り合ってむせび泣いている間、その様子を見ていたタケオの担当の太っちょの保母さんが、か細い園長先生の肩にもたれて泣いていた。その園長自身も倒れないように僕の肩にもたれてバランスを保ちながら泣いていた。そして、周りを囲んでいる人たちも何のことだかよくわからないままもらい泣きをしているのだった。ギャバジンのレインコートが紛失したとか、納得のいかない成績表の問題について説明を求めるために来たほかの親たちは、その光景に唖然として立ち尽くしていた。

モルフレ苑では、さらに人々の見分けがつくようになる。

――――

老マエストロ（名指揮者）と強制収容所の生き残り

私はここにもうしばらくの間います…もうじきコンサートが開かれます…ミュージシャンは九〇人…ジャズではありません。…たぶん私は指揮することはできないでしょう…リハーサルだけして、本番は息子が指揮すると思います…あなた方は彼を知っていますか？
…息子も指揮者なんです…でも、いずれにしても首席指揮者は私です。

彼の隣人がわめき始める時間だ。

助けてくれ！　助けてくれ！　明日ここから私を出してくれ！（イディッシュ語で）[2]

担架用の椅子に乗せられて、恐怖で手足を引きつらせ、やせ細った強制収容所の生き残り。

きんきんと響く甲高い声。

たあああすけてくれ！（イディッシュ語で）

老指揮者は涙を流す、両手を耳に当てて。

――ゲリニさん、薬を飲んでくださいな、泣かないでください、夕食の前に薬を飲んでくださいね。

死にたいのだ…

――そんなこと言わないで、ゲリニさん、薬を飲んでください。

セ（それ）アッセ（もうたくさんです）

セ　セ　セ　セ　アッセ　セ　セ　セ

彼女は痩せ細った身体を、しゃんと背筋を伸ばして椅子に腰かけている。

（2）Yiddish：ゲルマン語派に属する言語。もとは東欧系のユダヤ人が用いた。今でもイスラエルなど世界各国のユダヤ人の一部によって話されている。

セ　セ　セ　セ　アッセ　セ　セ　セ

私はあれこれ考える。「何がもうたくさんなのかしら？　コーヒーかしら？　ゼリー状にした水のことかしら？　あなたのスプーンが落ちたからかしら？」

この居住まいを正して座っている、古風な女性は、何も見ず誰のことも見ていない。誰かに呼びかけているのでもない。ためらっているのでもない。抗議しているのでもない。感嘆しているわけでもない。

セ　セ　アッセ　セ　セ　アッセ

どういう意味かしら「場所を移りたいのかしら？　ここに居るのはもうたくさん、生きているのはもうたくさんという意味かしら？」

セ　セ　セ　セ　セ　アッセ

意味はない。脈拍と同じ。

と、突然、彼女の内部で何かが作動する
あそこの小鳥　小鳥　あの小鳥はどうなるのかしら
周囲を見渡す。壁には何もない、どこにも何もない。

そして、鎮まる。
セ　セ　セ　セ　アッセ

――

二〇一一年三月一九日
大好きだったあの日本に僕はもう二度と出会えなくなるのでは、と思うと辛かった。あの国での素晴らしい思い出のすべて、ユキコに会って心をときめかした僕の恋の想い出も含めて、すべてがチェルノブイリの町を写した古いコダックフィルムのようにかすんでしまった。
義母は電話で泣いていた。ユキコの両親は二人とも、もう娘には会えないだろうと思っていた。彼らは、娘がこうしたもろもろのことすべてから遠ざかるという選択をしてくれたことはよかったと思っている。が、彼ら自身は、七〇歳でシャンティイやクアラルンプールに避難するよりはむしろ被爆して死ぬ方を選ぶことだろう。

ケチンボ爺いのことだけど、モルフレ苑では盗難があるそうだ。どこも開けっ放しだし、入館者たちはあちこち自由に歩き回っている。武勲勲章が紛失してしまう前になんとしてでも取り上げて、別の場所に保管しておかなければならないね。プリミュス、代わりに爺さんに渡せるような小さなカタールの勲章はないかい？　猿の勲章（インチキ勲章）かなんかさ。きみは王女から感謝の印に金ぴかのラクダ大勲章を一度もらったことがあったんじゃないのかい？

僕はパパがモルフレ苑に入ったことで、結果的にはものすごく気持ちが楽になった。

今、苑の中を一回りしてきたところだ。頭に変調をきたした人々のところに行くことは僕のためにはよかった。数時間の間、地震による核エネルギーの恐怖から抜け出すことができたからだ。

その間に、タケオがテレビのリモコンをいじくったためうまく映らなくなった、それでユキコはＮＨＫが伝える目を覆わんばかりの悲惨なニュースが見られなかった。かえってよかった。

――

何とも名指し難い茫然自失の体から我に返って、私は元のトリオレットに立ち戻る。そして配膳室のカウンターの前に立っている老アブーを見つける。痩せこけた腕、どんよりした目。彼は暗い闇の中に佇んでいる。彼は介護人から砂糖をもらうのを犬のように、ただ待っている。私はそれよりもっといいものを持って来てあげましたよ、新聞とメレンゲ菓子よ。

おお！　新聞だ！　ああ！　わしの名前がある！「ゲ、ゲン、シロ、ゲ、ン、シロ―

ク、フ、ク、シ、マ、ノ、ゲン、シ、リョク、ハ、ツ、デン、ショ、ノ、ゲン、シ、ロ…」
ああ！　わけがわからん。

わしの妹か…ずいぶんしばらくぶりだね…

もう　だめだ…わしは　もう…をでき　ない…

混沌とは一様ではない。正常と混乱の二つの層の間で光が点滅する、次第に次第に弱まりながら。

さあ、よし、行こうか？　さあ、帰るぞ、ヴァモノス（行こう）[3]

立ち上がる、歩く、どこかに行く、途中でどこに行くのか忘れる。感情の放電。まずお金のこと、もしお金がなかったらどうやってホテル代（苑のこと）を払えばいいのか？そして引き出しを開ける、何かを探す。切れ切れになった意志の断片。

毎日物が紛失する、
――「私の人生」という題の回想録が、紛失
――さらに眼鏡もない、さらに補聴器も
――腕時計を失くす、見つける、再び失くす、ないまま
――生家の写真が他人の部屋の床の上に
――もう両親の写真が認識できない、そして紛失
――もうママの写真が認識できない、そして紛失
――他人の部屋に彼の靴

ここでは、もう何も誰のものでもない。

（3）スペイン語、vámonos：「行こう」の意。

私は記憶し、書き留める、そして預ける。でも委託することで心配ごとがなくなるということではないわね、ね、そうでしょう　鳥さん？　紛失したものをひたすら数え上げて、私はくたびれてしまったわ、まだそんな年でもないのに私の方が老け込んでしまう。

ポケットの中にある物、
――ペーパーナプキン
――潰れてボロボロになったスポンジケーキのひとかけら
――石鹸
――ハーモニカ

父はナプキンを取り出し、広げる（彼の爪が伸び過ぎている、「手の衛生」の項目のところに記入しておかなければ）。

鉛筆がないぞ

でも、ハーモニカはある

ハアガニダ！

「尊厳死」について語ろうとするとき、どういうことがより尊厳なのだろうかと私は自問する。体力や知力が衰えてしまう前に、近親者たちが心底後悔するような愛情のこもった手紙を残して、明晰さを保ったまま自殺することか、あるいは老アブーのように正気を失った後までも自分の運命に従うことなのか？

―――

私の頭の中だけに急激に広がっていた思いがある。ペリクールの家の一部を片付けて空にしなくてはならなくなるだろうということ。泥棒に狙われやすい家具や品物を選び出し、家具保管所に預けなければいけない。選んで、ラベルを貼り、包み、目録を作成する。パパはもうお墓の中に入るときにしかペリクールに戻ることはないだろう。好むと好まざるとにかかわらず、私たちは相続人だ。

ひとつの喪失の後には次の喪失が待ち構えている。それには終わりはない。が、それぞれの喪失はそれ自体、唯一無二のものであって、人はその一つ一つを気にすることはない。老アブーは死にかけている。余命はあとどれくらいだろう？

時々、私は、以前と同じような彼の眼差し、意味ありげな発言、以前のような輝き、ゆかいだねというときの彼特有な言い方などを、ふと彼の中に垣間みることがある。ある日、カンテットが、私たち、彼の五人の子どもたちの名前と住所をパパに見せた。彼は興味深くじっと観察して、そして、プリミュスとバンジャマンの名前を指差して言った。大事なのは彼らだ、と。また別の日、施設であったパーティーの折には、年配の女性とダンスをした、彼はダンスは好きではなかったはずだけど。写真に写っている彼は、上手にダンスをしている、ほとんどセクシーだと言っていい。苑の女性たちは彼と踊ろうと彼の取り合いになるという、そして彼は言う。彼ら（彼女たちは）はみんなわしと話したがるんだ、彼らは（彼女たちは）みんなわしの部屋に入ってくるんだ。彼らの（彼女たちの）気を悪くさせたくはないんだが、わしはもううんざりなんだ。

もう「彼」と「彼女」の区別ができない。だが、自分の男系の子孫はわかる。そして片や、（施設の）女性たちは彼のことを男だと認識している。

鳥さん、これからあなたにお話しすることを聞いてちょうだい。私は時々、すべての人に反対されてでもパパをペリクールに連れて帰りたいという常識では考えられない願望に駆られるの。だって、彼はとにかくまだ生きているんだし、肉体的にそれは可能なのだから。つまり、兄弟姉妹たちに知らせずにモルフレ苑の外出許可書にサインして、車で連れて帰るの。家に帰ればパパは彼のお気に入りの青い長椅子に座ったり、緑の芝生の上を歩いたり、庭の奥にあるピンクの紫陽花が咲くのを眺めたり、足を引きずりながらも散歩したり、モグラの巣穴を足で蹴ったりすることができるわ。すべてが元のように。ママを除いては。ただ夏の間だけ、パパの最後の夏だけでも。

苑のテラスに敷かれた人工芝に沿って置いてあるもの。

「ゼラニウム…紫陽花（オルタンシア）…鳥（ワゾー）」を私が彼に指差すと、彼は繰り返す。

グギウム…オシャ…ゾー、と。

眉をしかめて、暗い表情で。

そして突然、とても明瞭に言った。

わしは頭がおかしくなっている　おかしくなっている

――

ペリクールでは、小雨の降る中、私たちは一つの文明が消滅した廃屋の中をさまよう。家の中に漂っていた特有な匂いさえも消え、ジョジアンヌがママの思い出にと取っておいたチョコレートの買い置きもなくなった。私たちは、神経が昂ったときや、アルコールが入ったときの陽気さで家具や、細々とした装飾品を片付ける。これら、由緒ある古いもの、お金には替えられないもの、高級な品々、これらすべてのものを私が使ったり、持ち出したりすることができるかもしれない。私は突如、粗暴な破壊者の歓喜さながら、家の中を調べまわし、荒らし、略奪したいという衝動に駆られる。バンジャマンとカルテットは、本という本を開いて、中に紙幣が隠されていないか探す。

私は箪笥の中に、カビでシミだらけになったパパの茶色いツイードの上着を二着見つける。老朽化した雨戸は手で触れるとバラバラになる。プレイヤード版[4]が置いてあった本棚の二段の間に、第二機甲師団の戦士たちに「クーフラの誓約[5]は守られた」と告げるビラの複製が、主のいなくなった蜘蛛の巣のように半分はがれて、ぶら下がっている。壁に掛かっていた険しい目つきの祖母の最後の肖像画が、巨大な鏡を取り除いた後の、黒ずんだ壁に囲まれた居間の中にある唯一の人間の存在だ。私たちの手伝いに来たジョジアンヌが私たちの腕の中で一緒にすすり泣く。

私はママの真珠のネックレスのいくつかをそっと優しく手に取る。いつの日か、これら

(4) パリのガリマール出版社刊行のフランス文学を主とする世界文学全集。
(5) ルクレール将軍の率いる自由フランス軍が一九四一年三月二日にイタリア領リビア南部クーフラ占領に成功した際に唱えた誓約。ストラスブールを解放するまで戦い続けるという誓い。

は彼女の孫娘たちに分けてあげよう、そう、カルテットもカンテットも私も身につけたいとは思わないだろうから。私たちはお互い誰も、これらのどんな小さな家具も引き取れない。私たちはこれらの物たち、自分たちにとっては疎遠なものではあるが、馴染みのあるもの、あまりにも大量で手に負えないもの、触れてはならないもの、これら数々の物を前にして立ちすくむ。突然、私たちに大量に相続される、本来なら（手に取ることすら）禁じられていた、こうした品々をこれから先も私たちは欲しがりはしないだろう、そんなことはできない、引き取ったところでどうしていいかわからない、だからそれらを欲しくなるようなことにはなりたくない。長男であるプリミュスは、売り払うことも使うこともできない紋章の刻まれた銀食器類、それらをクアラルンプールからパリへ、倉庫から家具調度品保管所へと持ち歩かなければならない巨大な残骸の相続人に否応無くなることだろう。カルテットはきっといくつかのタラベラ(6)の陶器を引き取ることになるだろう、カンテットはスペインの田舎風のベンチを、私はといえば、本と銀の額縁に入った私の誕生日の記念写真──そこに写っている自分を見捨てるわけにはいかないから──それしか引き取りたくない。私がこの額に入った写真の女の子を厄介払いするには一つの人生では足りないだろう。自分を仏教徒だと自認しているバンジャマンは何も欲しがらないだろう、挿絵入りの

「ドンキホーテ」の本一冊以外は決して何も欲しがらないだろう。

それでも、やはり人は心の内では何かしらのちょっとした遺産を求めるものだと思う。

英国風の馬たちが描かれた版画はドルーオ[7]で一五〇〇ユーロで競売に掛けられるだろう。錯乱し、眼球が飛び出した馬の絵はどこに流れ着くのかしら？　パリの南の瀟洒な郊外、サン＝レミ＝レ＝シュヴルーズの古道具屋の倉庫の中？　それともコペンハーゲンのホテルの一室にでも飾られるのかしら？　それともパナマのポロ（馬上球技）クラブの事務所の壁かしら？

私は手帳に乱雑に書きなぐる――

(6) タラベラ・デ・ラ・レイナ（Talavera de la Reina）：スペインのマドリッド近郊の小さな町でつくられた陶器のこと。タラベラの陶器はタラベラ焼きとも呼ばれる。

(7) フランス、パリの大型オークションハウス。

大量の物
さもなくば無

過剰から生じる無
カオスになる過剰

番号のつけられたベージュ色の包みが少しずつ居間に積み上げられる。

私は、かつて、ジョジアンヌがママの指示に従いながら準備した葬式用のスーツケースを持って行く。次に私がしなければならないことは、勲章をピンでとめることだけだ。そして、私はかつて、ママがした観察を思い出す。死者たちは葬儀屋の人たちによって尊大そうに顎を持ち上げられ、手が加えられ、展示されるのよ、と言っていたことを。いくつもの勲章をつけたパパは何倍も軍人らしくなることだろう。

老アブーの家は、いつか大型の番犬の飼育業者にでも買われるかもしれない。

余命いくばく

――ラリボアジエール病院から戻ってきたところよ、とカンテットが書く。私、怒り心頭よ、というのも、以前パパは椅子に縛りつけられたことがあって、そのときパパは括りつけられたまま椅子ごと廊下に出て行ってしまったの。だから今度はベッドに括りつけられていたの。はじめは頑なに私を見ようとしないから、あなたの娘ですよと言ってやったわ、すると破顔一笑、私にこう言ったの。そうかい、じゃあ、おまえはもうすぐ死ぬよ、ですって。

――パパはもう集中治療室にはいません、やっと抜け出せたわ、とカルテットが書く。急性老人病学科に移されたの。驚くほど痩せて、ひどく興奮している。

ベッドにつながれているのは手首だけで、肉体的な痛みはなさそうよ。息もゼイゼイさせてはいない、もごもごと口を動かし、肺は重い狭窄症を起こしています。血行をよくするために、私が脚を左右に自転車を漕ぐように運動させてあげたら、しばらくの間それを面白がっていた。それからクッションの上に彼の身体を乗せてあげたら（簡単だった、羽みたいに軽いから）私に言ったの、**どうだい　重いだろう？**　と。ということはまだ彼は植物人間ではないっていうことね。

パパにデザートを持って行かなかったこと、私はそれを後悔しています。デザートがあったら、このシシュポス(1)の果てしない辛苦から少しは気を紛らわせることができたでしょうに。彼の果てしない辛苦の数々、それは拘束バンドで括られたままの状態で身体を起こそうとすることや、パジャマを脱ごうとすること、囲いの柵の上を跨ごうとすること…。それにしても、このパパのなんという精神力、それだけにいっそう不憫でならないわ。白状すると私はこのような状況に、かつてないほど、心が掻き乱れているの。どうしてこれほどまでに動揺しているのかわからないわ。

私はこの週末はずっと、わが愛しの野蛮人と私の馬たちと一緒にゆっくり休むことにするわ。

（1）シシュポス（シーシュポス、シジフォス、シシュフィスとも呼ばれる）はギリシア神話の登場人物。岩を押し上げるシシュポスの姿は、苦行が永遠に繰り返されることを意味している。

——カルテット、あなたの夢をみたわよ、とトリオレットが書く。夢の中で、私はかつて親しくしていた高齢の女性と一緒に少し荒れ果てた屋根裏部屋に来ているの。そこには古い家具等のがらくたと、それからベッドには病気の老人がいたの。

老人の傍らの床には、鹿毛の馬が横たわっていて、その横に少女が座っている、それがあなたなの。少女はその馬をとても優しくなでていて、そして彼女が荒馬使いのように命令を下すと、馬は何をすればいいのかを理解していることを私に見せてくれたの。「礼、お手、頭を振ってハイと言いなさい」。すると馬はちゃんと言うとおりにしていたわ。

ゆっくり休んで！　私もマドリッドで数日のんびりしてくるわ。

——

私は一週間スペインに逃れた。プラド美術館[2]の広々とした陳列室の中の、ラス・メニーナス[3]の部屋に入る手前に掛かっていた、二枚の大きな絵に私の視線は釘づけになった。左の絵は目を一点に見据えた、いびつな怪物たちの前で巨大な岩を背負って、背を曲げたシシュポス[4]が山の斜面をよじ登っている。右の絵[5]は、筋骨隆々の肩、腕は鎖につながれたティテュオスが頭を低くして、私の方に身をのけぞらしている。黒い鷲が彼の肝臓をつついている。私は立ち尽くしたまま、目に涙がこみ上げてきた。ラス・メニーナスの部屋の奥では、小さかった頃の私に似た金髪の幼い王女が、拷問にかけられたこれらの巨人たちの間にあって霞んで見えた。

夢を見た。

（2）スペインのマドリードにある世界屈指の美術館。スペイン王室のコレクションを中心に幅広くヨーロッパ絵画が展示されている。ゴヤ、エル・グレコ、ベラスケス等々数多くの歴史的巨匠の名画が収められている。
（3）ラス・メニーナス（女官たち）：スペイン人ディエゴ・ベラスケス作の代表作。マルガリータ王女を中心に女官たちが取り巻いている。
（4）注（1）参照。
（5）ティテュオスはギリシア神話に登場する巨人。不遜な行為により冥府で罰を受けており、二羽の鷲が身動きできずに横たわっている彼の肝臓を食らっている。

ペリクールで、われわれは片付けをしている、ただ漫然と。パパがそこにいる、険しい顔をして。彼は私が食料を買いに行くのを期待して待っている、でも私はぐずぐずしている。私は食料貯蔵室にはまだ食料の蓄えがあると思っている。パパは買いに行くようしつこく迫って、私を非難する。それで私はとうとう村まで買い出しに出かける、村の人たちは無愛想で冷やか。私はカルテットと薄暗い池のほとりにいる。私はそこを少し苦労しながら歩いている。池を横切りたいと思うが池が深すぎることに気づいて引き返す。そこに髪の毛のない四歳ぐらいの女の子が池に近づいてくる、彼女は深い悲嘆の中にいる。少女は道に迷い、取り乱した様子で進んでいく。少女は弱々しく、慰めようもない。私はその髪の毛のない少女をじっと観察する。すると、少女は池のほとりで腕を羽ばたかせて、池に落ちた。私は池に飛び込み、緑色の水の中を深く、さらに深く潜る。水底に囲うように置かれている彫刻の間をかき分けてゆっくりと泳ぐ。そして、水底に横たわり、眠っている少女を見つける。それは彫刻ではない。なぜなら、彼女の周りには細かな泡が立ち上っているからだ。彼女は息をしている。私はその子を腕に抱きかかえる。そして水面に浮上する、感動で心震えながら。

池は濃い灰色に煌めいている。

――親愛なるみんなへ、とカルテットが書く。フランシュ＝コンテ産(6)の私の愛馬、テチュが死にました。非常に頑健な馬体を持っていたように思えたのに。一昨日の朝、彼は激しい発作性の腹痛に襲われ、動き回って、落ち着きがなかった。その二日後に死にました。獣医たちが駆けつけ手を尽くしたけれど、なす術もなかったわ。

私はテチュをあちらこちらの道を散歩させながら、彼の迫りくる臨終の苦しみに寄り添うしかなかった。まるで外に出かけられるのが最後だとわかっているかのように、テチュはひとつひとつの小さな花に目を留め、空や木々を眺めていた。

馬小屋に戻ると彼は苦しさのあまり、頭を囲いの壁にぶちつけていた。私は三時間ごとに彼に鎮痛剤の注射を打った。私は二晩続けて、彼に注射をするために起きて彼のもとに行った。彼は喉から瀕死の喘ぎをゼイゼイと鳴らし、口元から泡を出していた、ママがそ

(6) フランシュ＝コンテ：フランスにかつて存在した地域圏。

うだったように。そんな状態が長く続いた、本当に長く。そうして獣医によって安楽死させられました。彼の威厳に満ちた大きな身体は、その道の家畜業者が彼を迎えに来るのを待つ間、シートの下に横たえられた。

私は家畜業者の作業員が怖かった。がそれは間違いだった。一台の非の打ち所がない真っ白い小型トラックがやって来るのが見えた。そして、顎ひげを蓄えた、こちらも非の打ち所がない人物が車から降りて来て、すぐに私が悲嘆にくれているのを理解してくれた。彼は穏やかに、静かに話をした。私はテチュのたてがみの一房を残しておいた。その人はクレーンで体重が八五〇キロのテチュを慎重に運び、優しくそっとトラックに乗せた。私は代金を払い、トラックが道を静かに遠ざかって行くのを見送りました。

私はスペインのアルカラ・デ・エナーレス(7)でコウノトリを観察する。チンショーン広場(8)でニンニクスープを食べる。目を閉じて、まるでこの世に居るのは自分だけかのように、この地方伝統のお菓子、トゥロンを食べ、薄くカリッとしたワッフルに挟まれたヌガーをカリカリと音を立ててかじりながら、パパとママがかつて訪れたことのある場所を歩き回

る。死にゆくパパのことは一時忘れて、彼がかつていた場所に身をおきたい。彼と一緒にではなく、私一人で彼の痕跡を見つけ出したい。パパがもう亡くなっているかのように彼の領域を侵してしまいたい。そしてそうすることで、――あたかも引き取った家具を自分の家に据えるように――私の思い出を私の思うがままに自由に整理することができるかもしれない。ベッドにつながれたパパのこと、あるいは文字どおり、背景に私に似た王女のいる、あのティツィアーノ[9]の描いた巨人の肖像画に辛うじて相通ずるかもしれないパパのことは考えないようにして。私は彼が行動的な人間として、そして細かい分析はせずに称賛する、あまり観想的ではない人間として物事を捉えていたことについていつか論じてみたい。

だが、私はもはや（父を失うという）苦しみにつきまとわされていない気がする。そし

（7）スペインのマドリッドから北東三一キロにある大学都市、歴史地区。ユネスコ世界遺産（文化遺産）。
（8）チンショーンはマドリッドから南東四四キロの町。
（9）一九五頁注（5）参照。

て、苦しみを何度も何度も咀嚼することの中にしか誠実さや想いの強さがないのだとすれば、私はもう（彼を）見捨てているという気がする。

私のことをまるで一家の一員のように迎えてくれるパストラ家の昼食に招かれた。「お父様は私たちの結婚式の立会人をしてくださったのよ。彼のお子さんたちならいつだって我が家は大歓迎ですよ！」。彼の数々の写真や思い出話は私にとってまるでエピナル版画(10)のアブー像のようだ。私は困惑した。私はパパとは違うし、パストラさんたちとも違う、アブーはパストラさんたちが語ってくれているような人間ではない、私は彼らが理解しているような意味でのアブーの娘ではない、私は彼らの基準に合った招待客ではないのだ。そこには誤解が、欺瞞がある。私の両親を知っていたロザリオが給仕をしてくれた。私は思った。村の彼女の家の戸口で、彼女がハエ除けカーテンの前で、背の低い椅子に座って隣人たちと涼をとっている、そんな夕べの時間に彼女とお喋りができたら、そのほうがずっとよかったのにと。

マドリッドの闘牛場広場の前を通り過ぎるとき、一四歳と一二歳の私たち、スゴンドと私が両親と一緒に闘牛を観戦させてもらったことを思い出す。それは、「レホネオ」と呼ばれる騎馬闘牛で、闘牛の牛を恐れないように訓練されたスペイン産の純血の美しい馬たちに騎手が股がって闘牛と闘うというものだった。ところがその中の一頭の馬が牛の角で突かれ、競技は中断された。翌日、新聞で私たちはその馬が死亡したことを知り、スゴンドは泣いた。そのときから、私には彼女の内に何かしら、その「レホネオ」の馬のことが影を落としているように思えてならなかった。

夢を見た。

それは闘牛用の黒い雄牛の夢、私の雄牛。私は牛の四肢を切る、牛を細かく切る。牛は激しく暴れる。マドリッドの私の家の前で、出入り口の半分を塞ぐように一人の年老いた乞食が地面に体を丸く縮めて座っている。私はそこを通り抜けるのをためらうのだが、それでもそこを通る。建物に入るとそこは病院で、病室には番号がついている。私が行こう

---

(10) フランス北東部の町エピナルで作られる色の鮮やかな漫画的な伝統的版画。

としている病室の番号を探す。その病室に入ると、そこには数人の家族がいて、私は彼らにあの動物は殺されたと告げる。

また別の夢では、私はペリクールの村人たちと会っている。彼らはそれぞれの村の成り立ちや、領主たちが誰だったかを語る。私はペリクールは私の家族が領主だったと言う。すると彼らは断固たる態度でペリクールが私の家族の所有であるという何の証拠もないと言う。一人の女性が「私はそれを証明する書類も持っています」とさえ言う。彼らは私の祖先を正当なものと認めない。そして、私は降参し、当惑する、そして不意に自分の存在の正当性を失う。整然とした考え方をする人物がいて、すべてを最初から見直さなければならないのだと私を納得させる。すべてって一体何を？　それはもはや私には知りようもないことだ。

パリに帰ると、私は社会的に影響力のある、遠縁の老大伯父に細心の注意を払って手紙を書いた。

親愛なる伯父上様、

ここに、九五歳になる私の父の軍隊でのささやかな履歴をしたためました。伯父上様のお力添えをいただだいてパリの廃兵院病院の精神老人病学科に父を入院させていただきたいのです。現在父のいる病院はこれ以上の介護はできないと言い、またその前に入っていた老人ホームはもうこれ以上再び父を受け入れることには難色を示しています。

父は一九三六年にサン＝シール士官学校に入学。そして、騎兵連帯第一班に所属しておりました。

一九三八年にサン＝シール士官学校を卒業した年に、かなり重篤な肺結核にかかりました。「そのとき、私の軍人としてのキャリアは終わったと悟った」と父は若い頃の回想録の中で、気丈に記しております。その後、彼は養生し、結核療養所で法律の勉強をし、一九四四年に病気は完治したとみなされました。

一九四四年八月二九日、免役除隊になっていたにもかかわらず、父は第二機甲師団に志願し、第一二アフリカ戦闘連隊で中尉となり、一九四四年九月二三日、ヴァティメニル(11)で負傷。そして、帰還後、参謀部に職を得て、アルザス地方コルマール近郊のキルシュテットでドイツ軍占領地域からアルザスの解放に参加し、その功績によって表彰されました。

一九四五年二月二六日、軍事省からパリに呼びだされ、健康上の理由で最終的に軍隊の幹部から外されました。が、父は機甲師団を去ることを諦めず、ようやく三月、ルクレール将軍に面会する機会を得るというところまで漕ぎ着けました。以下がそのときの会話です。

――きみは対独協力者という理由で除籍されたのではないというのだな。

――はい、違います、閣下。

――われわれと一緒に最後まで戦闘をやり遂げたいのか。

――はい、そのとおりです。閣下。
――よろしい、では軍事省の手紙はポケットにしまって、部隊に戻りなさい。

父は一九四五年四月、ドイツ軍に包囲されていたロワイヤンの孤立地帯の掃討作戦に参加し、二つ目の表彰状を授かりました。そのあと、連隊と一緒にミュンヘンに赴きました。

私たちが心を痛めている、悲惨な状況にあるわが父に、伯父様がしてくださるご厚情に感謝しつつ、そして伯父様がお入り用とされる資料がお手元に届いていることを願いつつ。親愛なる伯父上様へ。

敬具

トリオレット　ド・アブー

(11) ヴァティメニルは、グランデスト地方（アルザス地方）のムルト゠エ゠モゼル県の村。

パパを寄る辺なき浮浪人として人生を終わらせないために、私はこの老伯父に手紙を書く努力をしたが、伯父は電話口で、老アブーの長男が何もしないとは何事だと憤慨した。私はかっとなって伯父の電話を切ったりすることはせず、それよりも、パパの軍隊の遠征の数々——パパにとってはあまりにも短かかった遠征——を思い出すこと、パパの「青春の熱情」、パパの「精神の気高さ」、そしてとりわけ「並外れた知的能力」について語られている数々の表彰の価値を見いだすこと、そのことが私の役目だと気づいて私は嬉しかった。父に対する気持ちが変わってきた。私は勲章や略綬、戦功章をじっと眺める、すると、やせ細り、ベッドにつながれたこの老いた父は必ずしも凶暴な人間ではなかったと私に気づかせてくれる。「騎兵連隊」「軍帽の羽飾り」といった私とは最も遠くかけ離れた言葉や、バンジャマンと一緒に笑いながら見た、オペレッタに出てくる大袈裟な身振りの滑稽な登場人物が語るこれらの言葉、それらが今、思わず口に出て私は楽しくなった。軽くPを弾ませながら「コルマールの**ポ**ッシュ（包囲された孤立地帯）」、「ロワイヤンの**ポ**ッシュ」と発音するのが好きになった。

私が今体験しているものは自尊心と呼ぶものに違いない。これまでの紆余曲折のすべてが私にとって、恐らく自尊心の形に達するためには必要だったのだ。たぶん私はずっと以前から密かに心の内に、ある感覚を抱いていたのだと思う。ある感覚、その感覚とは父のような正統な家系に属している人間にはまさにない感覚である。さらに加えて言えば、この正統性——女性たちを排除して作られた家系図——は偽物であり、無気力にさせるものであり、また反抗心の引き金にもなるものなのだ。が、また、この正統な家系に属する父のような人間は、ほかの多くの人々が臆病者や卑怯者だった状況にあって、運や伝統に恵まれ、あるいは分別を備えて正しく行動する、心が真っ直ぐな人間であることも事実だ。そしてまた、図らずも彼は健康を害し、フランスの最後の植民地戦争に参加することを逸した。たぶん、私の感覚、私の人生の選択、私の立ち振る舞い、歩き方、あるいは思考力の拠り所までもが、知らず知らずのうちに、こうしたいくらか堅苦しい生一本な父の性格を受け継いでいるのかもしれない。

親切だが耳の遠い老伯父は、場所も時間もお構いなく、私に電話をかけてくるので、私は教員室で同僚たちの冷笑的な視線を浴びながら、「はい、伯父さま」「そうですね、伯父さま」「ありがとうございます、伯父さま」と大声を張り上げて応対しなければならなかった。

そして、ある真理に私の全身は震える。同僚たちには理解できないであろう真理。それは一度も与えられたことのないものを手に入れるよりは、拒絶したものを再び手に入れることのほうが容易ではないということ。不完全な真理とは、何かあるもの、たとえば精神的に向上したいというような願望が、われわれ兄弟姉妹に与えられなかったと確信を持って言えるだろうか？　そして同様に、われわれは拒絶したと信じているものをはたして本当に拒絶したのだろうか？　むしろ、修正しなかっただけではないか？　私は今この高校で、私がかつて育った環境の中で学んだ調和のとれた美しいフランス語、たとえば「神経に触る」とか「抱腹絶倒」とか「正気の沙汰ではない」といった堅苦しい（古びた）言葉はもう使ってはいないが、それでも正統なフランス語を後世に伝承しようと努力しているのではないのか？　モーツァルト風のアラブ音楽の作曲、家族の再構成、フランシュコンテ産の馬たちへの愛、アジアでのルポルタージュの仕事、これらもまた兄弟姉妹たちそれぞれが、そうとは知らず意識せずに何かを受け継いで好んでやっていることなのだ。

ところで、西洋すごろく用のテーブル——老アブーとママがその価値をあんなに過大評価していたテーブル――は競売所ドルオーで五〇〇ユーロ程度(12)なら売れるかもしれない。

――

何度私はパパの死を想像したことか。現実の死は、これまで頭の中で想像した彼の架空の死の中の一つと合わさることがあるかもしれない。彼がテレビの前で、口を開けたまま、頭を斜めに傾けて眠り込んでいたとき、私はママの方を見た。そんなとき二人とも同じことを考えていたものだ。「いつか、私たちが見るパパはこんな風なのね」。

いや違う。今日のパパは頭を後ろに傾けてはいない、痙攣のような動きもない、目が恐怖で見開かれてはいない、とぎれとぎれの悲痛な言葉もない、バルザック(13)の小説に出て来る父親の臨終を思い出させるようないかなる兆候もない。今日のパパは、とても不思議な

(12) 日本円にして八万円程度。
(13) オノレ・ド・バルザック(Honoré de Balzac, 1799-1850):一九世紀のフランスを代表する小説家。主な作品、「ゴリオ爺さん」「谷間の百合」など多数。

ことに大人の要素が何もないということ。部屋の窓は開け放たれ、空気は心地よく、それは春の訪れ。縦縞のポロシャツを着たパパは、小さな子ども、小さな少年、とても小さな男の子、胎児のように丸くなっている。私はこの小さな命を身体に宿したときの彼の母親を思う。私は彼にこう言う「もうすぐママに会えますよ」と。すると、わかったと私に伝えるかのように、もうすでにどんよりと生気を失った眼をわずかに開ける。改めて彼は何もかもを理解しているかのようだった。まだ赤みの残る腫れた手は弱々しくベッドの柵を掴もうとしている。息づかいは浅く、今にも止まってしまいそう。すべてのdの喪失の喪失(14)とは、たぶん、ただ単なる呼吸の停止のことでしかないのではと私は思う。

やがて彼の長男がやって来るだろう。老アブーは、ますます沈みゆく彼の深い夜の闇の中でも彼だとわかるだろう。心の底から待っていた、その長男の気配を感じ取ることだろう。父を、（死への旅路に）誘うのは彼なのだ。今にも消えゆく父の心、父の肉体、父の起伏に富んだ思想に添うように、その息子が父を導いて行こうとしている。最初の息子、真の息子、唯一の息子たる彼が。

その息子が今そこに居る、彼は老アブーの方に身をかがめる、父は息を吸い、そして吐く。

喪失の喪失の断末魔の吐息。

そして、もう息はしない。

――

ここメルヴィルでは、今、引き潮の夜、傾く太陽の光と驟雨の中をかき分けながらフェリーがウイストルアムの港に向かっている。船は水路を私の方に向けて旋回する。白い舳先に二本の前照灯をつけたフェリーの正面は、ほのかに青白く見える。そしてそれが私にはこれから忍び寄る夜の静寂に立ち向かおうとしているかのように見える。東の方角には、灰色の空の下、ル・アーブル方面に向かう黒い貨物船が列をなして進んでいるのがか

(14) この著書の冒頭にある言葉。

ろうじて見分けられる。最後の乗船客が再び乗り込む、フェリーはゆっくりと横に旋回を続け、沖の方に向きを変え、出発の準備を整える。

太陽の光がウイストルアムの灯台を明るく照らす。嘴に貝殻をくわえた一羽のカゴメが舞い上がる。小石の上にそれを落とす。その上に留まる。開いた貝殻をつつく。砂の上に羽根を散らかし、光沢のある貝殻の破片と、あちこちに足跡を残して飛び去る。

ペリクールでは、老アブーが家の地下納骨所の周りを凶暴な目つきであちこち見渡しながらうろつくのは、もうきっと止めているだろうと、そう思えたときに、私は墓の上にママの小石とパパの小石を並んで置いてあげよう。

訳者あとがき

はじめに本書の題名「老アブー」について。

原題は表紙にあるように「À bout」です。これはアブーと発音して、主人公老父の名前と同じです。そして、À bout の意味は「もう我慢の限界だ」とか「万策尽きた」などです。これはお読みくださった方にはお分かりのように、これらの意味は本書の子どもたちの心境にも通じます。さらに文中でも、スペイン語でアブーは「爺さん」という意味で（正しくは abuelo）、自分はアブーと呼ばれているという記述があります。そこで、二重、三重の意味を込めて邦題を「老アブー」としました。いずれにしてもこの原題は含蓄に富んだ題名と言えましょう。

『人はすべて死す』（Tous les hommes sont mortels）。これは本書にも登場するシモーヌ・ド・

ボーヴォワール（七九頁注（7）参照）の著書の題名である。そしてこれは生きとし生けるものの厳然たる普遍的宿命である。死の有様は何一つ同じものはない。穏やかな死もあれば、今なお戦場では痛ましく不条理な死が累々と積み重なり続けている。

　そして幸運にも長く生きながらえた人に等しく待ち受けているものが、老後である。人は老いる。老後にまつわるさまざまな問題は高齢化が進む中、人々の大きな関心事である。新聞や本、テレビなどでその予防、対策などが盛んに喧伝されている。

　フランスと日本の出版界では事情も社会性も異なる。読者層もさまざまである。フランスで出版される書物は人権や移民問題、思想、宗教などを主題にしたものが上位にあがる。その意味では本書はフランスでは本流ではないかもしれない。

　だが、どんなに時代が変わろうとも、「老い」は国籍、世代を超えて、あまねく人類共通の普遍的な課題である。親の介護、配偶者の介護、自身の身の始末の不安、施設の選択、入居など切実な問題となって迫ってくる。老人施設内の認知症になった人々の描写は真に迫り、身につまされる。

　本書に登場する五人の子どもたちの困惑、葛藤、情愛は血筋という厄介な家族関係がゆえに一層読者の皆様には共感を持って読まれたに違いない。

そして、ついに彼らは父の終焉を迎える。彼らの父に対する想いは一様ではない。それぞれの性格、人生の歩み方と複雑に絡み合っている。が、彼らの心の奥底には、そこはかとない愛も畏敬も感じられる。はたして彼らは喪の悲しみにたどり着けただろうか。

文学の衰退が叫ばれて久しい。かつて二十世紀を代表した小説家・哲学者ジャン＝ポール・サルトル（1905-1980）が、「飢えた子どもを前にして文学は何ができるか」と問うた。そこから派生した「文学は社会の役に立つか」、「人生に文学は必要か」という論戦が文壇を賑わせた時期があった。

時代は変わり、二十一世紀になり、生成ＡＩの出現である。この科学技術の驚異的な産物であるＡＩの普及がジャンルを問わず浸透しつつある。ではＡＩは世の中の役に立つか、という問い、それは言うまでもなく確実に役に立つ。現に医療や科学の分野においては目覚ましい貢献である。

では、文学についてはどうか、「文学にＡＩは必要か」、「ＡＩは文学の役に立つのか」と問うことになる。著作や翻訳の分野においては問題は複雑だ。ＡＩが生成した素材は、はたして著作物といえるのかどうか、著者の根拠が不透明だからだ。著作権の問題もある。現にこの原書にスマホをかざすと翻訳された日本語が出てくる。

文学作品の翻訳は、いわゆる一般性のある書物と違って、直訳の部分だけではなく、行間を読み、著者の表現したいことを推し量り、ふさわしい言葉を当てはめることが求められる。豊富な表現、微妙な言い回し、その中から適切な言葉をあれこれ選ぶ、その苦労と愉しさが文学作品を訳す醍醐味と言える。

最近、脳科学とＡＩの進歩で人間の「心の状態」が読み取ることが可能になりつつあるという記事を読んだ。急速なＡＩの普及を懸念する人たちはいる。はたしてＡＩの進歩はどこまで行くのだろうか。

ＡＩがどんなに優れた文章を紡ぎだしても、それは生気の無い言葉の羅列に過ぎない。共感能力を持たないＡＩが「薄情」と書いても、そこには「情」はなく、ＡＩが「愛情」と書いても、そこには「情」はない。

真に文学を愛する者はそう簡単にＡＩに席を譲る気はなく、ＡＩが代行できない領域として、機微に富んだ表現豊かな日本語を守っていきたいものである。

世界がコロナ禍で覆いつくされた雌伏三年をかけて、ようやく仕上げたこの作品。私がこの本の出版を春風社にお願いした最大の要因は、最初に電話でお話した下野歩さんの明るく誠実な応対でした。次に、私の度重なる修正を丁寧に編集、校正をしてくださった山岸信子さんの落ち着いた、穏やかなお声でした。お二人の「人間の声」で私は春風社に全幅の信頼を置くことができました。まだＡＩに侵犯されない領域があることを実感したことでした。改めてお二人に感謝申し上げます。

またお名前は記しませんが、友人たちの励ましや適切な助言にも感謝とともにこの本を捧げます。

二〇二四年　晩秋

高井　邦子

【著者】

ナタリー・ド・クルソン（Nathalie de COURSON）
1951年、パリ生まれの作家、詩人、翻訳家。パリ大学（仏文学）博士。元高校教師。著書に、*Nathalie Sarraute la peau de maman*（L'Harmattan出版、2011年）、*Eclats d'école*（Le Lavoir Saint-Martin出版、2014年）がある。翻訳書（スペイン語からフランス語）に、Estela Puyuelo著、*Tous les vers à soie*（La Ramonda出版、2021年）等。

【訳者】

高井 邦子（Kuniko TAKAI）
立教大学大学院文学研究科フランス文学専攻、修士課程修了。明治大学、明治学院大学、成蹊大学、國學院大學等 元非常勤講師。共訳書に、アニー・アンジュー『特性のない女』（言叢社）、フェリックス・ナダール／ポール・ナダール『パリの肖像　ナダール写真集』（立風書房）、ニコラ・アブラハム／マリア・トローク『表皮と核』（松籟社）。

大野デコンブ 泰子（Yasuko ÔNO-DESCOMBES）
元仏国オルレアン大学文学部准教授。仏国立東洋言語文化学院（INALCO）博士。パリ第7大学（仏文学）修士。米国ジョンズ・ホプキンス大学（西洋美術史）修士。慶應義塾大学（仏文学）学士。専門は日本文化史および比較文化。著書に、*Kenzan, potier ermite – regards sur un artiste japonais de jadis*（L'Harmattan出版、2011年）。

老《ろう》アブー

2024年12月25日　初版発行

著者　ナタリー・ド・クルソン（Nathalie de Courson）

訳者　髙井 邦子（たかい くにこ）
大野デコンブ 泰子（おおのデコンブ やすこ）

発行者　三浦衛

発行所　春風社 *Shumpusha Publishing Co.,Ltd.*
横浜市西区紅葉ヶ丘53　横浜市教育会館3階
〈電話〉045-261-3168　〈FAX〉045-261-3169
〈振替〉00200-1-37524
http://www.shumpu.com　✉ info@shumpu.com

装丁　中本那由子

印刷・製本　モリモト印刷株式会社

乱丁・落丁本は送料小社負担でお取り替えいたします。

ISBN 978-4-86110-998-0 C0097 ¥2500E